马国兴　王彦艳　主编

风铃鸟系列美文读物

散养的天使

文心出版社

·郑州·

图书在版编目(CIP)数据

散养的天使 / 马国兴,王彦艳主编. — 郑州 :
文心出版社, 2016. 5(2017. 9 重)
ISBN 978 – 7 – 5510 – 1141 – 9

Ⅰ.①散… Ⅱ.①马… ②王… Ⅲ.①小小说 – 小说
集 – 中国 – 当代 Ⅳ.①I247. 8

中国版本图书馆 CIP 数据核字(2015)第 213445 号

SANYANG DE TIANSHI

出版社:文心出版社
　　　(地址:郑州市经五路 66 号　　　邮政编码:450002)
发行单位:全国新华书店
承印单位:河南新华印刷集团有限公司
开本:700 毫米 ×960 毫米　　　1 / 16
印张:12
字数:150 千字
版次:2016 年 5 月第 1 版　　　**印次:**2017 年 9 月第 4 次印刷

书号:ISBN 978 – 7 – 5510 – 1141 – 9　　　**定价:**22. 60 元

目录

Contents

散养的天使

目
录

生　日

○刘齐

　　今天是你十五岁的生日,但你并不怎么快活。坐出租车时,你已经有点扫兴了,因为父母笨手笨脚的姿态,让司机一眼就看出他们不常打车。不少同学的家里都有小汽车了,而你的父母仍然骑着老式自行车,车把那儿有个铁丝筐,运一些白菜萝卜、油盐酱醋。此时躺在爸爸怀里的蛋糕盒,可能也是那种小破筐驮来的。

　　到了地方,你更加失望,原以为是一个豪华的所在,就像同桌过生日时去过的星级酒店,谁知竟是如此普通的餐馆。陪客也不是什么重要人物,而是父母的朋友,一对老实巴交的夫妇,举止比父母还要拘谨。

　　吃完饭,打完包,清理干净桌面,蛋糕终于摆上来了。爸爸从蛋糕上选了个花纹比较多、比较漂亮的地方,开始切分。第一块本以为是给你的,不料却给了张阿姨,第二块给了王叔叔,第三块才给了你。今天真正的主角,理应是最受重视的小寿星,可爸爸现在却这样。

　　你绷着脸,抓起叉子,准备把蛋糕狠狠吞进肚中。猛然听见,爸爸让你起立,向叔叔阿姨行礼。你茫然,很不情愿地起来,两眼斜视,望着墙壁。这时爸爸说,十五年前,生你那天,是阿姨送妈妈去的医院。

　　噢,原来如此,那就行个礼吧。

阿姨慌忙阻拦说："孩子,你应该给你母亲行礼,你出生那天,她还坚持上班,一下子就晕过去了。你要为母亲自豪,她很坚强,是她让你来到世上。"

母亲有些激动,坐不安稳,被桌子碰了一下,露出痛苦的神色。于是你知道,先前她为你买蛋糕时,不慎跌伤了腿。她眼角的皱纹比往日更深,手上的青筋更突,但朴素的衣着却格外美丽、合体。她的双眼目不转睛地看着你,已经看了十五年,仍然看不够。

你脸颊发红,周身发烫,你发现,你也看不够母亲,看着看着,泪水滴了下来。

你把椅子拉开,使空间增大一些,然后,深深地给母亲鞠了一个躬,又深深地给父亲鞠了一个躬。

你攥住拳头,用指甲紧抠手心,暗自决定:今后每逢生日,都要郑重鞠躬,感谢父母,感谢生命,感谢一切有助于你生命的人。

你轻轻端起盘子,把自己那块蛋糕送到父母跟前。

爱心无尘

○孙春平

印度洋发生了大海啸,学校要求各个班级召开"爱心和灾区小朋友在一起"主题班会。

那天,同学们吃完午饭返回学校不久,三年级一班就发生了一起骚乱。王小倩同学的钱丢了,又急又恨,伏在桌上哭。两个大个子的男同学堵在教室的门口,要求所有人都把身上的钱亮出来,然后再挨个儿搜身。有同学不同意,说这是侵犯人权,你又不是警察,就是警察,搜身也得先出示证件,你有证件吗?

教室里乱乱哄哄,班主任姚老师闻讯赶来,往黑板前一站,同学们便安静下来。姚老师说,王小倩,你先说说,是怎么回事?王小倩抹着眼睛说,她午间向妈妈要了二十元钱,准备开班会时献给外国受灾的小朋友,钱一直塞在手套里。到了学校后,她将手套放在书桌上,然后跟同学们去操场跳绳,可回来时,钱已经没有了。

姚老师温和的目光扫过几十双黑亮的眼睛,平静地笑了,说原来是这样,那你不要急,一定是哪个同学怕你的钱丢掉,替你保管起来了。姚老师说着,拉开讲桌的抽屉,拿出一个崭新的练习本,先将订书钉拆解开,又对折一裁,练习本便变成了几十页白纸片。姚老师说,今天的班会议程小做一下变动,先请每个同学从我这里拿去一片纸,在上面写好你要说给灾区小朋友的话，一句也好，一段也好，但一定要是心里话。所以，我要求，每个同学拿去纸片后，不要互相抄写，也不许互相传看，而是各自走出教室，找个地方，背对背，写完后折叠好，投进我们的赞助箱。有一点要求，不管写了什么，都不要留下姓名。哦对了，赞助款请同学们都不要投进箱里，你只要在纸片上注明赞助数字就行了。明天上学后，大家再交给班长。大家听明白了吗？

同学们齐声答，听明白了。

姚老师说，那就开始吧。时间是十分钟，要抓紧，然后请大家回来将折叠好的纸片投进赞助箱。

几十只小鸽子飞起来，每人从老师面前衔走一张纸片，旋出教室去。小鸽子很快又飞回来，各自将折叠好的纸片郑重地送进了赞助箱。姚老师掀开箱盖，伸进手在里面摸，很快取出一张，打开，展露在同学们面前的竟是一张二十元钱的票子。

姚老师将这张票子送到王小倩的面前，高兴地说，大家看，小倩同学的钱不是自己回来了吗？让我们听听这位同学还写了什么。"老师，我错了，我再不会让我的爱心沾染一丝灰尘！"听到了吧，这位同学写得多好！

教室里响起了掌声，热烈而持久。

掌声中，姚老师将那张纸片撕成碎片，托在掌心，再对大家说，这是什么？这是雪花，寄托着纯洁爱心的雪花。现在，我要将这雪花回归爱的河流，再让它随波而去，流向爱的大海，大家说好吗？

掌声再次响起。那一刻，同学们的眼睛显得格外明亮。

被风吹走的夏天

○秦俑

对我来说，那是我生命中最难熬的一个夏天。

那天是高考分数线出来的日子，我没有跟家里人说实话。我说还得几天时间呢。他们对我的话深信不疑。我的父母一大早就得去地里干农活。父亲头上的白发越来越多，他常跟我们兄弟俩说，秋天的收成怎样，就看这一季的努力了。哥哥大我四岁多，上完初中就跟人去东莞打工，今年春节回来，承包了村里的制砖厂，经常忙得连饭都顾不上回家吃。

吃过午饭，我心神不宁地将牛牵到屋后的山坡上，选好一片青草地，将牛绳拴在树上，然后去了离村子三里地外的一个食品批发部。在那里，有离我们村最近的一部公用电话。为了能在我家的牛将树周围的草吃完之前赶回来，过去时我几乎是一路小跑。但回来的时候，我完全忘了那头拴在树上的牛，我的腿里一定是灌满了铅，要不我怎么会觉得回家的路这么长？

离最低录取线差了两分。我不知道该怎样将这个消息告诉我的家人。我走走停停，停停走走，最后坐到了村口的桥墩上。村里的一位邻居大妈挑着担子走过我的身边，大声提醒我，小心别掉河里头咧！我没有回头，我怕我一回头泪水就会忍不住。我心里想，如果真的不

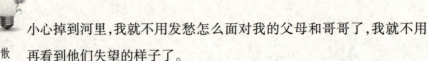

小心掉到河里,我就不用发愁怎么面对我的父母和哥哥了,我就不用再看到他们失望的样子了。

不知坐了多久,我并没有不小心掉到河里。天色渐黑,四周响起此起彼伏的蛙鸣声。我一步一步地往回走,走到家门口,看到大门上挂着一把大铜锁。家里没有一个人,邻居说家人都出去找我和我家的牛了。我一口气跑到山坡上,牛果然将树周围的草啃了个精光。趁着月色,我看到我爸我妈还有我哥牵着牛从村子南边往家里走。他们的脸色一定很难看,因为他们只是找到了闯祸的牛。它从北边跑到南边,溜进别人家的菜园子,吃掉了半园子玉米苗。

我又一口气跑回家,母亲正红着眼睛在淘米。父亲坐在炉边抽水烟,他一见我,就将烟斗重重敲在炉沿上,大声呵斥着,养你这么大,连头牛也看不好!哥哥赶紧将我推进卧室。我一晚上都没有说话,也没出去吃饭。母亲进来看过我几回,她不停地摸我的额头,担心我是不是生病了。哥哥给了我一个饼,是二叔家烙的。他问我是不是出成绩了。我背着脸说,还没呢,还得几天。

第二天我起了个大早,我跟父亲说,我想去哥的制砖厂做工。父亲的气还没有消,头也不抬地说,连个牛都看不住,你能做什么?我对父亲的轻蔑感到非常不满,干什么都行,就是搬砖块我也愿意!就这样,我去了我哥的制砖厂做工。哥哥告诉我,砖块刚烧出来时很脆,需要从窑里搬到窑外,经过日晒雨淋,消掉一身的火气,才能砌墙。我具体的工作,是将窑里烧好的砖一块一块搬下来,码到担子上,再由力气大的一担一担挑出去。窑里很闷,砖面很糙,不大一会儿,我全身就湿透了,手心也磨出三四个血泡。哥哥心疼地将他的手套摘下来给我,可是依然不管事,锋利的砖棱儿还是不小心划破我的手套,又划破我的手指。我没有吭声,身体上的疼痛可以让我暂时麻木,忘却分数的烦恼。只有等晚上回到家里,一个人躺在床上,我才重新清醒过来,翻来覆去地睡不着。

那一年我十七岁,一米七四的个头,瘦得跟豆芽菜似的。一个多月又苦又累的工作并没有让我变得更瘦,相反我感觉自己一天一天愈加强壮,就像地里疯长的玉米苗一样。半夜的时候,我经常会听到身体里有"咯吱咯吱"的声音,那是我的力气在增长的声音。我一直没有勇气说出高考结果。很奇怪,他们也没有再问。有好几次,在跟父亲和哥哥说话时,我试图往这个话题上引,结果他们都将话岔开了。也许他们早就猜到结果了吧,也许他们从来都没有对我抱有希望。我的话变得越来越少,也不怎么爱出门去疯了。邻居大妈见到我,说我变黑了,长大了,像个男子汉了。我偷偷对着镜子看过自己,看上去有些陌生,嘴唇上都长出了一溜儿浅浅的胡楂儿。

下过一场雨,天气开始转凉。是九月初的一天,父亲一大早叫醒我。起来吧,今天该去上学了。母亲已经准备好了被褥,上面还散发着前几天晒进去的太阳味儿。哥哥将学费交到我手里,说是给我这一个多月的工资。父亲照例背着铺盖,送我到村口的桥头。父亲说,天气凉了,你在学校要注意身体。我接过背包,走在了通往复读的路上。一阵风吹过,我积蓄了一个夏天的泪水终于忍不住飞落下来。

村庄渐渐地远了。这个夏天,也渐渐地在我身后远去了。

化　妆

○秦俑

上大学那会儿,女生都爱扎堆儿,你三个一群,我五个一伙儿,一块儿上食堂吃饭,一块儿到图书馆晚自习,甚至闹起别扭来,也是拉帮结派的。

315是新组合的宿舍,一共六位姐妹。新学期刚开始,就明显地分成了两派:一派五个人,吴莎莎、谭芳、曾丽、刘思琦,还有我;另一派,就只有陆小璐一个人了。

其实陆小璐长得很漂亮,她站到人堆里头,一眼看去,很容易就能找出来。这也就算了,偏偏她还特别臭美,每天都化妆,一大早就起来试穿衣服,弄得自己跟赶演出似的,衬得宿舍里其他姐妹都像"灰姑娘"似的。加上陆小璐很少主动与人说话,一到周末总有人开车来接,慢慢地,便与大家有了距离。

可是有一段,陆小璐突然变得无精打采起来,虽然天天还是一大早就起来化妆,试穿漂亮衣服,但她的精神明显没有过去好。睡在下铺的吴莎莎告诉我们,她经常半夜还听到陆小璐在上铺翻来覆去的。

我们都想,可能有什么事情要发生了吧。果然,从周一开始,陆小璐就没有回宿舍。刚开始几天,谭芳和曾丽还说些不着边际的风凉话,可时间一长,我们都开始担心起来。刘思琦是寝室长,想给陆小璐打电话,一问,才发现我们五个人都没有记她的手机号码。第二天,有人开车过来拿陆小璐的铺盖衣物。来人说,小璐特意叮嘱我转告大家,她要请假半年。

请假半年?我们都挺疑惑的,但这种事也不好细问。还是曾丽机灵,周一的时候,她去问辅导员。辅导员说,你们不知道吗?陆小璐请假做手术啊。

知道这个消息后,我们都很难过。虽然大家都不喜欢陆小璐,可她也不是什么坏人啊。我们几个便四处打探她的消息,原来事情比大家想象的还要糟糕:陆小璐有先天性的心脏病,一直不敢做手术,最近检查,发现不能再拖了。按照医生的建议,她将要接受四次手术治疗,手术成功就可以恢复正常生活,但每一次都有很大的风险。

知道事情的真相后,宿舍里顿时安静了下来,连续几个晚上,都没有一个人说话。最后,还是刘思琦拿的主意,大家一块儿去医院看望陆小璐。

不知道为什么,那天我们的心都慌慌的。在白色的病房里,我们见到了陆小璐,她正认真地对着一面镜子描眼线,打腮红,涂唇彩。她的脸上看不到一丝临危病人的迹象。忙完了,她回过头来,一眼就看到了我们几个,脸上闪过一丝惊喜。接着,她连忙将头转过去,说,你们来了,怎么也不通知我一声?过了一会儿,又缓缓地回过头来,说,其实很久以前就知道是这样的结局了,没什么啦,瞒大家那么紧,是不想让更多的人为我担心。

姐妹几个都不知说什么好。陆小璐仿佛又恢复了往日的神采,有说有笑地告诉我们,下午是第一次手术,进去可能就出不来了,所以一上午都在给自己化妆。我参加过别人的追悼会,殡仪馆的人化妆很差劲的,我可不想死得那么难看……

等了好几个小时,我们的脑袋里都是一片空白,甚至连互相对视的勇气都没有了。终于,陆小璐被人从手术室推了出来。手术很顺利,她安详地躺在病床上,仿佛睡熟了一般……

后来,我们陆陆续续地去过医院几回,也陆陆续续地听到她手术成功的好消息,大家都为她感到开心。这个陆小璐啊,真不是一般人,每次上手术台前,她都要给自己化妆,每次都是那么一丝不苟,就好像她要去的地方不是手术室,而是准备去赴一场晚宴。

但最后还是没能如愿。第四次手术前几天,陆小璐突发高烧,接着昏迷了几天,就再没有醒来。事情来得太突然,当我们接到通知赶到殡仪馆时,一个肥胖的女人正在给陆小璐化妆。

我们看着安安静静地躺着的陆小璐,她瘦了,脸上的颧骨明显地突了出来。那个胖女人正在给陆小璐描眉毛,她看起来一点也不用心,将一条眉毛画得弯弯曲曲的。我们都无声地哭了,平时最讨厌看陆小璐化妆的吴莎莎,突然很激动地冲上去,一把就夺过了那个胖女人手中的眉笔。胖女人露出一脸的不解。吴莎莎大声叫道,你怎么可以把她的眉毛画得这么难看!

胖女人很诚恳地说,不要难过,人死不能复生。吴莎莎哭着将眉笔丢到地上,说,她很漂亮的,求求你,你不可以把她的妆化得这么难看……

第二天是追悼会。陆小璐的亲属怕我们再次"激动",就没让我们参加。那天是星期六,天阴沉沉的,我们315的五个姐妹静静地守在宿舍里,不知是谁先开始的,我们都含着泪、对着镜子开始化妆。我们用这种独特的方式,为一个叫陆小璐的美丽女孩送行。

小 成 长

○巩高峰

牙齿才刚刚松动的时候,父亲就用呵斥的语调提醒孩子啦——牙齿掉了不许用舌头舔,否则牙长歪了找不到对象娶不上媳妇儿,可别怪我没提醒你啊!

小孩子悄悄用舌头推了推松动的牙齿,疑惑地问:舌头能舔歪牙齿?牙齿可是硬的,舌头那么软,软的怎么可能把硬的舔歪呢?

父亲眼睛一瞪,当然了,水滴还石穿呢!人萌出乳牙,然后换牙,牙齿生了两轮吧,可人到老了还不是牙齿掉光光,你见谁舌头老掉过吗?

想想有道理,可是……

母亲的悄悄话也来了:可得记住了,下面的牙掉了要朝上面扔,扔房顶上;上面的牙掉了要朝下面扔,扔床底下。可不能扔反了,否则新牙长出来不是大龅牙就是地包天,丑死啦!

脊背一阵发冷,大龅牙和地包天电影里都见过,长成那样,演电影都只能演丑角,不要不要!虽然上面下面听着有点乱,但是分不清这个的话,后果太严重了。再说了,这总比奥数题要简单吧。注意,一定要注意!

上面的牙掉了,扔床底下,可是哥哥不肯,吓唬道:牙是有根的,你把它扔在床底下,它要是生根发芽怎么办?啊,那怎么办?要不埋在树底下吧,这样安全一些。有了办法,就高兴了,才不理哥哥为何在背后笑得直不起腰。

可下面掉的牙要想稳稳当当扔到屋顶上,的确有点儿难度,瓦房上面没有草,扔一次,骨碌碌滚下来摔到地上,好像牙床都跟着疼。几次三番,不知是扔过了屋顶滚到了屋后的草丛里,还是侥幸被哪个瓦片挡住了,终于如愿。

可是,掉牙的那个地方好奇怪啊,软软的、空空的,那个深深的小洞过几天竟然能长出一个花骨朵般的新牙?真是太神奇了!

忍不住舔一下,试探着看看它有什么反应。忍不住,又舔一下,好像新牙露头了哦……算了算,一不留神竟然舔了那么多次——啊,真的长成自己最讨厌的大龅牙了……一个激灵,梦醒了。

掉牙长牙的日子里,梦真是出奇地多,好在长成大龅牙的噩梦还是少数,最多的是梦见自己从卤味店偷了只又大又肥油光光的烧鸡,刚咬了一小口鸡皮,就被人家发现了,那么多人,举着棍子刀子追啊撵啊。那么着急,可总也跑不快。糟了,前面是一堵墙,轻功,轻功呢?吓醒了,才发现睡觉时腿蜷着,难怪跑不快又飞不起来。

伸直腿,接着梦……

身轻如燕,翻墙越树,轻巧地落在一棵百年老树的树杈间,慢慢啃着黄澄澄的烧鸡,抬头看看远处的蓝天、白云、绿草——哪怕真的是在做梦,这也一定是世界上最美的梦。

嘣!一个响指敲在额头——啊,数学老师怎么会出现在面前?还满脸讥讽的笑容——哦,上着课哪!教室里哄堂大笑。男生们笑笑也就算了,谁上课没打过瞌睡呢。奇怪的是那些女生,突然之间羞涩了,笑就笑好了,却红着脸,捂着嘴,像是突然成了陌生人,犹抱琵琶。这时能做的动作,只可以是羞愧地低下头,认错。这一低头,才发现口水早已洇湿了胸前的一大片衣服。

一起玩儿时大家互通有无,商量出一个相同的结论:换牙并不是什么好事,除了麻烦,还是麻烦。

可是晚上再睡觉时,却没梦了,反倒是睡到半夜,小腿抽筋把自己疼醒了,哇哇乱叫。父亲母亲都醒了,笑吟吟地安慰,没事,长个子啦,要熬点骨头汤补补钙。

长个子要疼的吗?那花草发芽、小麦抽穗、小树长枝疼不疼呢?

这种问题不是数学题,是没有正确答案的,每个人都有自己的答案,每个人又都不服别人的答案。疼就疼吧,长个子还是好事的,不然什么时候能上中学,可以轻松把篮球扔进篮筐呢?而眼前最起码的好处就是终于可以换下那条裤子了,那还是哥哥穿过的,早就又旧又难看了,可母亲一直不说给换条新的。

终于有一天,早上起床,眯着眼睛穿了衣服,忽然感觉裤子短了一截,裤脚几乎到脚踝上面了。汹涌而来一阵惊喜,于是拉开嗓门大喊:妈、妈! 裤子短了!

母亲看了又看,笑了,一边上下调着裤子,一边感叹:还真长个子了哈! 说着说着,又乐了,干脆一把扒下了那条裤子。

孩子兴奋地坐回被窝,憧憬着:也许母亲早就做好了一条新裤子,只等着这天的到来呢。新裤子有几个口袋呢? 当然越多越好,卡片、弹弓、零钱、玻璃球……最少要有四个口袋哦!

漫长的等待过后,母亲终于回来了,笑意盈盈地说:来,我把裤脚给你放下来了,凑合凑合,明年给你做条新裤子。

看着那道颜色明显不一样的裤脚,孩子啊,真是哭的心都有。

小 树 猴

○巩高峰

用我妈的话说，我简直不是她生的，是树丫上掉下来的。

说的没错，我特别爱在树上待着。不止我一个人了，小利、健康、建设、刘理、兴里、三好，大家都喜欢。我们就像树上结出来的果子，在树上时觉得最舒服，下了树，就感觉是果子坠落了，难受得像是要腐烂到土里去。

所以，我们在树上吃，在树上玩，朝树下来来往往的人扔土块，吐唾沫，我们甚至还在树上睡觉、撒尿、大便，而且经常在树上玩游戏。

所以如果是单个人，我们就都有自己的名字，如果是家里的大人提起我们，就咬牙切齿："那帮树猴子！"

看看，我们不是人，是猴子，而且是树猴子。

我们在树上玩的最多的游戏是摸树猴，这个游戏简单点儿说，就是把一个人眼睛蒙上，大家边从十倒数到一，边在树的高处藏身。蒙着眼的人开始从大树杈往上摸，藏身的人就八仙过海了，哪里高哪里险哪里最难被摸着，就往哪里爬。而最先被蒙眼的人摸到的，就是下一个树猴子，由他蒙上眼再摸一轮。以此类推，不亦乐乎。

在别人看来，摸树猴简直是小孩子里难度最高也是最惊险的游戏，艺低胆小的，上来就露怯，眼睛刚蒙上，两腿就打哆嗦。所以，这个

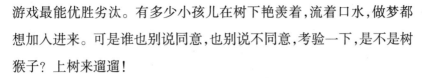

游戏最能优胜劣汰。有多少小孩儿在树下艳羡着,流着口水,做梦都想加入进来。可是谁也别说同意,也别说不同意,考验一下,是不是树猴子? 上树来遛遛!

于是,从五岁玩儿到了八岁,我们这伙人还是六七个,没见多,也没少。玩别的怎么都行,一到摸树猴,哗,大浪淘沙一般,自动就退下去了。

直到五明羞羞怯怯、犹犹豫豫地凑上来,说他想跟我们一起玩儿。

五明跟我们都是二年级一班的学生,一直前五名,是我的竞争对手之一,跟在我们身后很久了也没机会加入进来。他平日里是个出了名的好哭鬼,架腿斗鸡磕了碰了输了都掉眼泪,现在他竟然敢提出来参加摸树猴?

在我们的嘲弄和怀疑中,五明往手心里使劲吐了口唾沫,深吸一口气,蹭蹭蹭,上树倒算利索。看来他是有准备的,胆子虽然小,但勇气可嘉,而我们的确早就希望能有新人出现了。一直互相捉弄来捉弄去,玩得太熟,都腻了,现在有人主动闯进来,再好不过。

为了表明自己的决心,五明主动表示自己第一个当树猴。五明知道这是考验,最需要表现,所以他马上脱了套头衫,自己把眼睛蒙上了。然后他鼓足了气势,一边高喊十、九、八、七、六,一边笑着说你们快点儿,我来喽!

这种讨好让我们很有一些做前辈的满足感,于是在五明小心翼翼地顺着树枝摸上来时,小利轻轻地吹了声口哨,暗示五明自己的位置。可是大家跟着都吹了口哨,满树乱响,迷惑五明。

尽管五明动作迟缓,两腿发颤,摸到第三层树杈时就满头大汗,但他总算摸到了小利的脚丫,过关了。我们欢呼一片,算是接纳了这个新伙伴。

五明羞涩地笑,用他的套头衫擦汗。

可是我们的高兴劲儿和新鲜感还没过去，第二天傍晚我们再玩摸树猴时，出事儿了。五明蒙着眼在第四层树杈上摸到了最高处的健康，可能是太高兴，一手去扯眼上的布，一手却松开了健康的裤腿儿，忽然"啊"一声跌了下去。出于本能，跌下去时他胡乱挥舞的手抓着了一根树枝，可是太细了，根本挡不住他的坠落。

不过后来医生说，恰恰是那根树枝救了五明一命，柳树的枝条韧，多少承担了一些力量，所以五明从将近十米高的树顶头朝下栽到地上，居然没摔死。

当时五明趴在地上一动不动，我们愣在树上一动不动。好半天，最先反应过来的小利才"哧溜"一下滑下树，回家喊大人。

大人们抬着五明往镇上的医院赶，我们全都跟着跑。五明不哭，也不喊，我们又哭又喊。后来五明从镇上转到县里的医院，然后又转到蚌埠，我们就跟不上了。

奇怪的是，这次我们所有人回了家都没有挨打，甚至连臭骂一顿都没有，于是剩下的暑假，我们过得胆战心惊。

五明从蚌埠的医院回来时，我们已经开学，都上了一个月的课了。暑假发生的事，我们一刻也没敢忘，整天提心吊胆。尽管想过最坏的结果，可是看到五明挪着步子进教室时，我们还是惊呆了——五明的脖子竟然没了，头直接缩在胸腔里。他走路只有两个姿势，要不就拄着两只手，摇摆着往前挪，走快的话要举着两手往前小步跑。而且他说话声音也完全变了，很粗，还嘶哑，每句话说出来都缓慢而吃力，像是从肚子里发出的声音。

老师提问不再看他，劳动课他也从来不会有任务。期末考试成绩出来后，上个学期全班第四的五明，变成了第四十三名。

可无论是班里还是学校里，没人敢笑话五明摔坏了脑袋，谁敢说，我们六七个人能扁得他嘴巴肿得吃不了饭，说不了话。

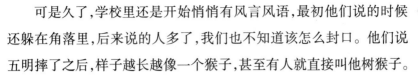

可是久了，学校里还是开始悄悄有风言风语，最初他们说的时候还躲在角落里，后来说的人多了，我们也不知道该怎么封口。他们说五明摔了之后，样子越长越像一个猴子，甚至有人就直接叫他树猴子。

我们听了心如刀绞，可是能有什么办法？我们帮不了他，不仅帮不了，从五明回到班里之后，我们每天都见面，可是却没一个人敢跟他说一句对不起。

一个都没有。

上大学去

○范子平

　　我们从没有做过上大学的梦,因为我们村从来就没有出过一个大学生。不过我们不上大学但一般都上小学,可是这小学上得又不安稳,谁的家里要用劳力马上就叫他们的孩子辍学。所以,我们一个班在一年级时有十三个人,到了五年级,就剩下我们五个了,都姓王,都是本家人,王连喜是班长。没有我们不敢办的事,都说我们"捣蛋得欺天",就连班主任也气病了,回城去看病再也没回来。过了好几个星期,学校就换了同村同族的王敬民来教我们。王敬民三十多岁,高高的个子,别看他比我们大十几岁,却是我们的晚辈,论辈分我是叔叔,王连喜他们四个就是爷爷了。王敬民上课讲得很有意思,总而言之就是故事开路,先吸引住你,再往下讲课,这个真的很受我们欢迎。可是他叫做作业我们就不高兴了,因为我们已经两年没有做过作业了。他给我们几个人都打了不及格分又在课堂上批评,我们可就恼火了。王连喜就喊:过来,过来,爷爷叫你,你就过来。王敬民无可奈何,因为我们村就一个族,村里老人对辈分还挺重视的。我们几个就越发调皮,齐喊:现在是四个爷爷一个叔叔集体处罚,王敬民马上来! 王敬民只好过来按照我们的要求把腰弯下。我们伸出食指和拇指弯成一个圆,每人在他头上弹一下。王敬民夸张地"哎哟"着,说:你们这些捣蛋虫！他没说下去，我们毕竟是长辈，他没有办法。

第二天来上课，王敬民突然说，你们想不想上大学去？上大学去？这是不是因为那天我们在他头上弹时下手太重，把他弹成了神经病？我们会有上大学的命？再说我们才上小学五年级，跟大学还差着十万八千里。我们就笑嘻嘻地说：想是想，就是太空想。王敬民一下子摆出了晚辈人的随便来，大喊：走，咱上大学去，不由分说拉着我们上了一辆开向城里的客货两用车。看着两边的树木飞快朝后跑去，我们可得意了，上大学不上大学，这个旅游要比掏鸟窝比挖田鼠洞比捉水蛇有意思多了。

没想到王敬民真的领我们去大学了。这所大学还是全省很有名的一所大学，只是没有在市里，在距离市区十多公里的地方。首先那个大门就气派得叫人吃惊。门岗在屋里并不出来，汽车来了电动栅栏门会缩起来让路。王敬民经过一番交涉，领我们走进了大门（王敬民交涉时，我们才知道他的高中同学在这里当老师）。嗨，还真是从没有见过这样好的地方！绿莹莹的草地上伸着长颈灯；路边一丛一簇的鲜花沁人心脾；石板铺就的甬道上青年人三三两两拿着书本散步；高大的楼房上美丽的玻璃幕墙像是神话宫殿里的一般；教室里，大学生们看着大屏幕听老师讲课；图书馆里，好家伙，一格格一柜柜的书本快把我们的眼睛看花了；电梯呢，上上下下，把我们搞得头脑有些晕乎，感觉像坐飞机一样；实验室里，有瓶瓶罐罐，还有不知名的仪器高高低低，酒精灯吐着蓝色火苗；还有广阔的体育场，篮球、足球、排球在飞上飞下……大学真大呀，大学真美呀，我们的心震撼了，小脸严肃起来，一种莫名其妙的激动在血管里膨胀。

王敬民说：咋样？

王连喜说：这个……这个……真是比天堂还好。

我说：让我在这个地方过一天就美啦。

王敬民说:这里边出来的大学生,机关、学校、工厂、解放军都抢着要,为啥?人家有本事。像咱开后门人家也不要。比方咱村的支书,又是送礼又是说好话,儿子才安排到县电缆厂,还下了岗。这所大学的毕业生,挺起胸膛做人,到处有人抢。自己饭碗铁不说,还光荣,给国家做贡献大!你像咱借用的县农场的自动收割机,就是这里发明的。那算是小发明,大小发明这里一年几百项!你们想在家窝窝囊囊过一辈子,还是想上大学,做大事,给国家做贡献,过城里人的好日子?

我们一时忘了自己的长辈身份,一起回答:想上大学!

王敬民说:那就好,上大学就得好好学,认真听讲,往心里听,认真做作业,往心里学。得靠你自己用心,得靠你自己吃苦!

当我们琅琅的读书声响彻在小村上空时,去地里劳动的好多人拐到这里看热闹,说:王敬民真有本事,咋把这几个捣蛋泥猴制伏了?

一晃六七年过去了,我们这一班的五个同学,真的都考上了大学。每年过年回家的时候,我们都去看望王敬民老师。我们规规矩矩,恭恭敬敬。王敬民老师开玩笑说:别这样,你们还是长辈呢。我们全都不好意思地笑了。

散养的天使

○艾苓

天使降临时，需要一双发现她的眼睛。否则，她悄悄地来了，又悄悄地走，我们毫无察觉。

乐乐是妹妹的女儿，不到十二岁。和我们"圈养"的孩子不同，她一直是"散养"的。姥姥家，奶奶家，姑姑家，舅舅家，长托的人家，她哪儿都待过，小小年纪就曾经和妈妈走南闯北。妹夫出事后，妹妹再次外出打拼，乐乐留给了奶奶，我一直惦记着，暑假一到，就托人把她接来。

半年不见，乐乐又长高半头。这女孩小眼睛，大嘴巴，一头浅黄的自来卷，偏偏留长发，今天这样梳，明天那样扎，不管怎么变花样，头顶的头发总毛茸茸的。因为"散养"，与阳光亲近的机会多，她的小脸和胳膊腿都晒得黑黑的。她动不动就笑，笑起来无遮无拦，连牙床都露出一截来。

刚进我家，她安静了几分钟，几分钟之后就开始和表哥抬杠。吃过午饭，我就变成了花朵，她像只小蜜蜂似的围着我"大姨""大姨"地叫。

妈妈不在身边，身为大姨，我必须告诉她一些"东西"。我偷偷问她："月经来了吗？"

她说："没有，我们班有的同学来了。"

我说没关系，大姨正有书让你看。我拿给她《青春期的半岛铁盒》,让她先读写给“水星女孩”那部分。她不常读书,起初读得很吃力,后来大概是读出了一些趣味,她竟然在客厅里认认真真地读出声来:“水星女孩,我要告诉你,我们的‘性’是以器官的方式存在的,这类‘器官’,我们称之为‘性器官’。女孩子的‘性器官’包括……”

我看看疑惑的婆婆吃惊的公公皱眉头的儿子,忍住笑悄悄告诉她:“你读得很好,但有些书不适合读出声,这本书就适合用心去读。”

她龇牙一笑:“明白。”我却想,有些约定俗成的规矩,我都搞不懂为什么,这个“散养”的孩子更未必真的明白。

两天后,她把书还给我,说读完了,我问有什么问题吗,她说没有,这本书“真好玩”。

中午下班回家,她随我进了卧室,偷偷告诉我:“大姨,我来月经了。”

我说:“祝贺你,你长大了!你处理了吗?你害怕了吗?”

“我到楼下超市买了卫生巾,处理完了。看完书我就不害怕了。”

我在她的额头上轻轻亲了一下:“你真是好样的,今天晚上我弄回个生日蛋糕,咱们应该庆祝一下。”

她噘嘴摇头:“不好玩。我这么爱蹦爱跳的人,现在有了它多麻烦啊。”

“过了这几天,你一样可以蹦可以跳嘛。你现在也不是不能玩,注意点就行了。”

她仍旧有些不甘心:“大姨你看,我刚看完这本书,月经就来了。早知道是这样,我就晚两年看这本书了。”

我拉住她的手大笑,她也笑了,还有些不好意思。在那瞬间我认定,我眼前的这个孩子就是天使!谁说天使不可以黑黑的,头发毛茸茸的?谁说天使不可以笑起来无遮无拦,顺便露出一截牙床?让这些鬼念头一同见鬼去吧!

走近了，才知道很陌生

○艾苓

那是我的初恋。

很难说清爱慕是什么时候从崇拜中萌生出来的。等我发现时，相思树已经很高了。

他不是高大或帅气的男孩，但很出色。我们是小学同学，老师和家长的表扬、赞誉一直尾随着他小学毕业。尽管进了初中就不同班，也不再说话，他的成绩我总能设法知道。有一次期中考试，他在班里名列第二，上了"光荣榜"。我在班里也是第二，这一巧合令我欣喜若狂，希望他能偶然知道，可班主任不满意这次成绩，并没有公布出去。

相思树很高了，借口也多起来。寻找女伴呀，喜欢看绿树呀，全是为了能在操场上或路上发现他的影子。我当时是学生会成员，检查早自习便成了最冠冕堂皇的理由，可哪里敢看哟，心突突跳着，眼睛匆匆一扫，就"检查"完了。

那时是八十年代初，中学生早恋是冒天下之大不韪，学校知道了，有关学生就会像暑天的剩菜一样，一夜之间变得臭不可闻。班上一位女孩悄悄抄写的情诗被人发现，马上成了众矢之的，羞愧难当就自杀，幸亏发现早被救了过来。

结果还是众矢之的，不过变换了方向，改从后面射向她罢了。

我害怕极了。几次下决心摘去小树上所有的叶子。用不了多久，相思树却又绿色如初了。

无可奈何，只有躲开。他进入重点高中就读时，我以超出重点高中录取分数几十分的成绩去了一所又远又破的普通高中。

离得远些了，但不能够忘记。有时要忍受一大堆废话，才能从同学那里得到一点儿他零零星星的消息；有时绕上几次远路，才会偶尔看见他和他的自行车在人流中一闪而去。

离得远些了，相思树反而疯长起来，枝条越来越茂盛，叶子越来越繁密。怕有人发觉也怕妨碍了学业，我便俯下身去，任它的生长顶痛我的心灵和躯体。

他去北京读大学时，我进了师专。回头再看，相思树早已穿透我的身心，伸展开来。

大学一年级暑假我满十九岁，似乎有权利谈爱情了，决定摊牌。

匆匆忙忙下了火车，登上回家的公共汽车，一个陌生的声音撞过来：这不是老同学吗？

我抬起头，触电般地惊讶，心几乎蹦出来：是他！个子长高了，声音也变了，正冲我笑。

一下涌上来好多话，不知先说什么，拣来拣去还是问：你们也刚放假吗？

他说：放得早点儿，这是刚从亲戚家回来。

我问：咱们坐的是一趟火车？

他说：是的。

还有许多话就在嘴边，但我发现我们共同的话题仅此而已。

停过几站，车厢里人越来越少，越来越安静。我不甘心，打破寂寞：这儿变化挺快呢，半年没回来就修了这路，有公共汽车了。

他说：是呀。

寂寞重新缝合。

车又到一站，他该下车了，我知道。

那时我不习惯说"再见"，太客气太生硬，还像和其他同学告别一样，说：有工夫到我家去玩。

他走了才记起，我该下车，我也到家了，车要启动时最后一个跳下来。

燥热的黄昏，天空开始落雨，行人匆匆。想象过上千次、上万次的邂逅居然是这样的，这么简单，这么意外。慢慢走在雨中，泪水终于随着雨水滚落下去。其实从未有过的陌生感觉在汽车上就有了，此时已从头包裹到脚，褪也褪不去。那陌生的感觉仍不肯罢休，又很快切入肌肤，渗进我的骨髓里。

那天雨下了一夜，没有雷，我的相思树却遭到了空前的雷击。细细地翻找过去，我们从不曾有过对话，甚至无猜的岁月里也不曾说过什么。我从不曾走近他，始终在隔着窗子望。我的相思树便因这长长的距离，在幻想的土壤里长高长大了。我熟悉透了的是美化、净化过的那个偶像，不是他。

至今仍很庆幸那次邂逅，因为不久，相思树已被连根拔去。

讨厌的女人

○刘建超

英语培训班的学生都不在状态。

老师很着急,学生们并不在乎。

学校是全国的名校,教师也是特级教师,可是来补习的学生水平参差不齐,有高中生,有大学学生,也有自学的,想法也是天南海北。许多人是被家长逼着来补习的。强化英语成绩是为了出国,出国留学是家长们的迫切希望,孩子们的想法屈从家长的意愿,真正想要出国的也未必有几个。

年轻的女教师名牌大学毕业,备课很认真,授课方法也很多样化,可就是调动不了学生学习的热情。漂亮的女教师心急上火,红润的嘴唇上都起了疱。

同学们,家里都花了不少钱,我们集中精力好吗?

回应的声音少气无力。

晓力,你来解释一下这个单词的意义。

站起来一个虎头虎脑的男孩,说,老师,我还没弄明白。

那就该用心学啊,你不是要去欧洲吗?

前排一个瘦子说,老师,晓力他爸是大老板,有的是钱,出国带个翻译官就行了。

大家都笑了。

第三天,正上着课,班里来了个学生,是个大学生,一个四十多岁的女人。

大家小声嘀咕着,这么大的人了还来补习。

女教师说,这位新来的同学做一下自我介绍好吗?

女人也不做作,大大方方地说,好吧。我的英文名字叫玛丽亚。在美国待了两年,做保姆。回来探亲,想把英语水平再提高一下,希望将来能够做管家。

大家起哄,给布什做管家吧,给施瓦辛格做管家吧。

"管家婆",就成了这女人的绰号。

很快,大家就发现这个"管家婆"女人很讨厌。

让人受不了的是,管家婆经常表现得比漂亮女教师懂得还多,还和老师争辩。更让人讨厌的是,管家婆有一句口头禅:我在美国就是这样的。你在美国想怎么样就怎么样,可是你现在是在中国,你张狂个啥呀。好像你在美国就很了不起了,不就是给人家当用人嘛。

老师说,我们来解释一下名誉校长这个单词。

老师刚解释完,管家婆就举起手:老师,我对这个词有不同的解释。老师耐心地听完解释,又耐心地把自己的理解讲了一遍,问:大家明白了吗?

明白! 同学们齐声回答。

管家婆点点头:我勉强同意你的说法。

老师又讲解了个单词,名人录,问:同学们理解了吗?

管家婆又举起手:老师,我想与你商榷一下这个词的用法。

老师的面部表情显得很无奈。

有的同学就开始反击:我们不想听你的商榷,我们要听老师讲课。

就是嘛,显摆你懂得多啊,要显摆,回美国去显摆。

管家婆还想争辩什么,看看周围的同学,无奈地做了个手势——OK。

那堂课,同学们听得格外认真。

管家婆似乎很忙,课间休息时抱着手机不停地打电话。同学们就打哈哈说,是不是美国的大老板急着要你回去做管家啊?女人并不气恼,也不理睬,一副盛气凌人的架势。

管家婆与同学们的冲突发生在一堂讨论课上。

老师讲了一个故事:一辆旅游车在山间行驶,游客被美丽的风景吸引了。有一对年轻恋人请求司机停下车拍几张照片。车停下,男孩女孩跳下车,尽情抓拍着美丽的景色。车上的人开始催他们上车赶路。女孩意犹未尽,央求男孩与她一起步行。旅游车开走了。一对恋人在山间忘情地玩耍,晚上就借住在山村的农家。第二天他俩上路,看到了事故现场,原来,他们昨天乘坐的那辆旅游车在一个山洞前,被山上滚落的一块巨石砸中,翻进山涧,车上的人全部遇难,无一幸免。老师要求大家分组讨论,如果你是那男孩或女孩,知道这件事情后有什么样的想法。

同学们自由结合成几个组讨论,没有人和管家婆组队,女人也不计较,自己托着下巴冥思。

一个组说,女孩男孩后悔没有把大家都动员下车拍照,这样就可以避免灾祸发生。

一个组说,男孩女孩应该让客车再等一下,如果车上的人不急着催促司机走就不会发生这种事情。

晓力说,老师,我们能说实话吗?我们真是太幸运了。

老师说,正确的答案是,女孩泪流满面地对男孩说,我们不该下车。

教室里一片沉默。

老师,我不同意你的观点。管家婆又举手发言,一件意外事件的发生,原因有多种,不可能有一个正确的答案。即便是那一对男孩女孩不下车,也可能有别人下车,比如有人要下车方便,比如有人晕车要休息一会儿,比如有人要下车买山里的山货,比如司机要停车加油,同样可以造成客车被砸事件。所以,那对男孩女孩自责是没有道理的。

同学们有些愤怒了,觉得管家婆太没有同情心了。瘦子同学与女人开始争辩,急得说起了汉语。

女人平静地说,这位同学,请用英语。

瘦子一时语塞,急红了脸看着大家,向大家求救。

老师说,这个问题,我们在下一周进行一次专题辩论。希望大家积极准备,看看我们能不能辩过这位从美国回来的同学。

说不清是啥原因,大家上课学习的劲头足了。老师的提问,不待管家婆举手,大家早把手都高高举起来了,一个说不全下一个补充,就是不给管家婆显摆的机会。

学期培训结束了,大家从校长手中接过了结业证书。给他们发证书的校长,正是他们班里那个让人讨厌的想当管家婆的女人。

漂亮的女教师笑着告诉大家,她是我母亲。

偷　题

○赵新

　　那年秋天,镇上的教育部门要组织全镇小学四年级的学生进行一次会考,然后根据考试成绩,从高到低,一一列出各学校的名次。全镇共有十二所小学,我们西河村小学是其中之一。我们小学共有十名四年级的学生,我是其中之一,韩大宝也是其中之一。

　　夏天的时候镇上已经进行过一次会考,那次会考光考算术,不考语文;这次会考光考语文,不考算术;考语文也不考别的,只考作文。

　　我们老师姓郝,郝老师对这次会考特别重视!因为在夏天的会考中,我们西河村小学的算术成绩名列全镇第二,郝老师要求我们这次考试只能考好不能考坏,语文成绩一定要名列全镇第一!

　　那天下午郝老师单独为我们十个学生做特别辅导,详细告诉我们写作文时应该注意的几个问题:比如首先要审清题目,这篇作文要我们表达什么样的主题思想;比如要掌握重点,为了表达这个主题思想,哪方面的内容可以多写,哪方面的内容可以少写,哪方面的内容可以一带而过……

　　韩大宝突然立起身来说:老师,你不用操心,我有办法让咱们西河小学拿到第一!

　　我们都很惊奇!十五岁的韩大宝在我们十个学生当中年龄最大,

个头最大,学习成绩却是最差。他尤其害怕作文,一写作文就抓耳挠腮,就请假上厕所。老师很严厉地批评他:韩大宝,你是懒驴上磨屎尿多!他说:老师,奇怪了,我一写作文就闹肚子,一闹肚子就顾不上作文了!

他把大家逗得哈哈大笑,自己却仍然一本正经。他继续严肃地说:老师,你让我出去一趟吧,我对作文过敏!

韩大宝虽然有些调皮,但是同学们都很喜欢他,他热情勤谨,乐于给大家帮忙;郝老师也很喜欢他,他是和郝老师做伴睡觉的人。

郝老师问道:韩大宝,你有什么办法?就你能吹!

韩大宝说:镇上管教育的头儿是我亲舅,我可以去他家里把作文题偷回来!

一听说他可以偷题,我们兴奋了,我们呼啦一下子跳起来了!既然能偷题,我们事先有了充分的准备,考试当然能拿第一!

郝老师却严肃了。郝老师说:韩大宝,你有这个本事,夏天会考时你为什么不把题目偷回来?那次考试我们拿了第二!

韩大宝说:不行啊,条件不成熟啊,那时候我舅舅还不是头儿,说话不算数!

郝老师愤怒了,猛地把桌子一拍:不行也不能偷,行也不能偷!偷题对我们是一种耻辱,一种罪恶,你们趁早打消这个念头!韩大宝,你听见了没有?

韩大宝低下脑袋蔫蔫儿地说:听见了,我错了,我不偷!

郝老师余怒未息地说:小小年纪,净想歪门邪道,谁教给你的?

可是三天以后的那个晚上,韩大宝悄悄地把我们九个学生找到他的家里,悄悄地告诉我们,星期天他悄悄地去了一趟舅舅家里,这次会考的作文题目他已经悄悄地偷回来了。他绘声绘色,说得很精彩,我们聚精会神,听得很入迷。

韩大宝说，他带着一大包点心和两瓶好酒看望舅舅时，舅舅满脸是笑。舅舅问他怎么不在家里好好学习，准备会考，他说他实在学不下去了，实在太想舅舅了。舅舅问，有那么严重吗？他说，比这还严重，已经吃不下去饭了！舅舅就抱住他亲了又亲，让妗子赶紧做饭，一定要做好吃的！

韩大宝说，那顿饭很香很香，他吃得肚子都鼓起来了！舅舅说，你小子怎么这么能吃呀？他说，高兴啊，因为见到日思夜想的舅舅了！舅舅，我求你老人家一件事，请你把这次会考的作文题目告诉我，我保证不说给第二个人，我要说了我是小狗！舅舅一听瞪圆了眼睛，劈头盖脸地批评他，这不可能！你的学习目的是什么？就是为了拿个第一，考个高分？舅舅喝了一口酒，又重复说，这不可能！你的学习目的是什么？就是为了拿个第一，考个高分？最后舅舅生气了，指着他骂道，不知道你的学习目的，却来偷窃，小小蟊贼，你给我滚！

韩大宝把话讲完了，我们却听得很不过瘾：半天也没把作文题目说出来，白叫我们高兴了！

韩大宝笑了：你们没有听出来？你们都是木头！其实我舅舅话里有话，那作文题目就是"我的学习目的"！

我们恍然大悟！我想，韩大宝怎么这么聪明，怎么分析得这么透彻呢？

我想，韩大宝好像没有这个本事啊！

韩大宝很郑重地告诉我们，这件事情一定要严格保密，一不能说给父母，二不能说给郝老师！韩大宝让我们每一个人都写一篇"我的学习目的"的作文交给郝老师看，等老师批改通过了，那就抓紧时间背诵，迎接马上就要到来的考试！

我们按照韩大宝说的做了。我们发现郝老师对作文的批改很周到，很细致。

到镇上会考那天，我们十个学生兴致勃勃，信心百倍：我们都把《我的学习目的》背得滚瓜烂熟了，我们一定能拿全镇第一！

坐在考场上的时候，我们傻眼了，头晕了：会考的题目不是"我的学习目的"而是"我的家乡的秋天"。面对这样一个陌生的题目，韩大宝糊里糊涂，竟然全文抄上了他的《我的学习目的》！

考试归来，韩大宝号啕大哭。郝老师一边给他擦泪一边很动情地说：孩子，别哭别哭，你没有责任，这是我的……郝老师突然打了一个喷嚏！

那是一个秋天，树叶黄了，秋风凉了。

台球张

○萧磊

我叫他张老板。其实,他比我这个穷学生,多不了几个钱。

他在骆家塘的街头,守着几张台球桌维持生计而已。的确,只是而已。

按年纪,他其实也可以做我的"伯伯"了。

大学快毕业的那个学期,陆陆续续有用人单位来我们学校招人了。招聘单位除了看看相貌以外,更多的就是看看简历和分数。说起来很惭愧,这四年大学,我把很多时间都奉献给了我那温柔的被窝,或者是金华的大街小巷,还有就是那么一大堆文学书和我自己藏在抽屉里的破小说。所以,我的简历上空空荡荡,我的成绩单上,也没有像父亲拾掇农田那样挂满黄灿灿的稻穗,只剩下"补考""重修"的屈辱历史。

在很多同学被用人单位签下的时候,我却成了张过期的船票。

一次次的失望,后来就变成了绝望。真的绝望,也就无所谓了。

于是,我重新走上"历史"的轨道,继续游荡,继续寻找别样的快乐。

台球,就这样再次走进我的历史。在这里,我用了"再次"这个词。早在读小学的时候,因为堂叔家不知道从哪里搞来了一张台球桌,我就近水楼台地玩起了这时髦的游戏。最显而易见的成果,就是这"免费的游戏",把我培养成了乡间的台球高手,一度打遍村庄无敌手。

现在,有事没事,我总跑进骆家塘的台球室里。有时候,那里一个顾客也没有,我就一个人自娱自乐,类似于周伯通的"左右互搏"。

渐渐地,我在那里"打"出水平,"打"出点儿名气来了。

再后来,就有点像武侠片里的那样,有人上来挑战了。而且,是打那种带点彩的球。不多,一局十元,或者一包烟什么的。

一开始,我的确也有点儿紧张。毕竟,自己还是个学生,也就那么点儿生活费。但有时候,人不是为自己活,而是为面子活,何况是二十岁出头,正是死要面子的年龄。

这一豁出去,球就好打了。一段时间下来,我是赢多输少,收获不小。甚至创下了"一杆清台"的历史。

张老板,就在这个时候走进了我的历史。其实,他一直在我的历史里——顾客和店家的关系,但一直没走进来。

那个晚上,我像一头得胜的公鸡一样,骄傲写满整张脸。就在我准备回学校的时候,张老板说,等一下。

很多人和我一样,停了下来。

我想这老头大概是见我赢钱,嫉妒眼红,想弄点彩头,于是,我满不在乎地掏出张十块的说,恭喜发财,谢谢张老板你的福地,今天就算分红了。

这老头哈哈地笑出声来:我想和你来一局。

这话一出,我差点儿喷饭。别想着自己经营这么个螺蛳摊,看我们打球很简单,也不想想,自己都七老八十的了,还想和我来赌?

但,我的话却很有风度:张老板,你想怎么来?

就赌你兜里所有的钱吧。

这句话，怎么听都觉得不顺耳。我顺手捋下手表说，加这个吧。

围观的人，起了哄。

有个人自动当起了裁判，从裤兜里找出个硬币来。

是我先开的局。

我轻轻地打出去。白球的走位，也恰到好处，没有给那个老头留下进攻的机会。

一看那老头的握杆架势——居然是用球杆的大头击球的。我狂跳着的心，一下子安静下来。而且，我第一次看清楚了那老头的左手。那左手的小指居然是没有了的。四个手指畸形地按在球桌上，在那盏昏黄的灯下，露出狰狞的面目。

周围的人，都露出了不易察觉的嘲讽来。

接下来的局面，似乎成了一边倒。

我的色子球，大部分已经安静地躺进了网兜里。

而那老头的花色球，在台面上，从这边滚到那边，队伍完整，也在帮着我一起嘲笑那老头。

就在我的色子球还剩下一颗的时候，老头突然转变了枪杆。这是我始料不及的。

局势，是瞬间扭转的。

那老头犹如神助，噼里啪啦几下，花色球瞬间就被消灭成只剩下一颗了。

豆大的汗珠，从我的全身一下涌出来。

那最后一颗色子球，似乎也故意和我作对，怎么击打，就是不进网。

老头以一记漂亮的"回力球"，把"8"号球送进了网兜。也顺势击中了我的心脏，把我定在那里。

后来，其他的人如鸟兽散去，只剩我在那里发呆。

那老头,把我叫进了他的小矮屋。

他把我所有的钱和手表,塞进了我的口袋。

不知道怎么回事,我的眼泪一下子出来了。

好好读书去吧,他拍拍我的肩膀,晃了晃左手说,这根手指,被我自己砍下来的时候,你还穿开裆裤呢。那个时候,我就可以"一杆清台"了。

我点点头。

还记下了这句话:读书,才是正道。

流过往事的水

○萧磊

　　师范毕业前夕，与地球打了大半辈子交道的父母没什么门路可走，不久以后，我这个堂堂师大毕业的高才生，便被我们的教育局"充军"到了家乡的一所小学。

　　去学校报到，发现居然是"铁打的老师，流水的学生"——还是教过我的那六个老师，只是年纪变大了，而我却是"山不转啊水在转"，一转又转回来了。六个老师都齐刷刷地在校门口迎接我这个曾经的得意门生。后来，老校长过来握着我的手，拍拍我的肩膀，只说了句：欢迎你啊，小马！就意味深长地看着我。我忽然觉得自己一肚子的怨气，被老校长的眼光给抚平了，像个小孩子似的喊了声：校长！

　　上班了，我听从父亲的叮咛经常帮着打扫办公室，或者去村里的水井挑水，为别的老师倒倒茶，老师们对我都赞许有加，唯独让我感觉奇怪的是以前读书的时候，校长的目光总是很慈祥的，但现在偶尔与他的目光相遇，总让我有种不寒而栗的感觉。因为老校长的目光，我想起读师范时班主任经常说的一句话：要给学生一碗水，自己首先要有一桶水！所以平时，我越发抓紧时间给自己"倒水"了。

　　两星期以后，老校长找到了村主任，说，小马这正宗的大学生刚毕业，好不容易分配到学校来，如果长期给老师和学生们挑水也是影响精力和工作的！是不是替学校挖口井,留点时间培养个人才啊?

用扫帚丝剔着牙缝的村主任居然爽快地答应了。

这事是一个星期以后,挖井的人来学校了,我才从别处听了个大概。

当两个满身黄泥的打井工挖到三四米的时候,还是没见一滴水出来,这在他们以往的挖井生涯里是比较少见的,所以他们就开始骂骂咧咧的,想放弃,再重新找个地方。

老校长出现了。他捋起袖子拉上我就到了边上,安慰着说,认准了的事,就要干下去,会成功的。我这身老骨头来帮帮你们!

没过十分钟,底下那个人喊了出来,有水了! 老校长笑着从口袋里掏出包"双喜"牌香烟来,给了他们两根,然后向我示意着走到走廊边,席地坐了下去。

来,抽口烟吧!

我拘谨地接了烟。老校长拿出火柴把两人的烟都点上了,自己心满意足地吸了口,对着太阳吐出了烟雾,有一句话也很顺口地跟了出来:小马啊,认准了的地,坚持着挖,总能挖到水的! 你说呢?

我被烟呛得咳嗽着点了点头,侧头看到老校长笑了笑,把藏匿在他皱纹里的阳光绽放了出来!

时光也就在我像挖井人一样埋头"挖井"中过去了三年。接着,我意外地成了这所小学的校长。是老校长自己要求下来,把我推荐上去的。

新学期开始的时候,我依然拎了个热水瓶去给老师们倒水。虽然昨晚我为了这"倒水"问题,一宿没睡好,但可能是我多虑了,老师们的杯里有的刚自己倒过,满着;有的见我过去,连忙说马校长我自己来,叫得我脸一下子就蹿红了,我赶紧朝老校长走过去。老校长的杯子也是满的! 他一言不发地端坐着,额头的青筋像一条条蚯蚓一般趴着,蠕动着。我红着脸拎着水瓶想走开的时候,老校长开口了:以后的水我来倒了,你就给学校多"倒倒水"吧!

时光真像这水一样又是三年了!那年年底,学校被评为"镇先进学校",我自己也被评为"镇十佳优秀青年教师"。这是我们这所村小学历史上的最高荣誉了!

拿着锦旗刚回学校,下个学期就要退休的老校长过来拍着我的肩说,小马啊,祝贺你马到成功,也感谢你为学校争来荣誉啊!

老校长说着话,眼睛有点红了。我却不知道说什么感激的话好,刚想再替老校长倒倒水,老校长好像知道我的心思似的,已经提起了身边的水瓶,说,今天,还是我为你倒最后一次水吧!以水代酒敬敬你!

我了解老校长的脾气,也不敢怎么推了,只好拿过了那个茶杯,伸到了热水瓶的嘴巴下。

水,一点点满起来,满起来,后来居然满出了茶杯。我的手像被火苗舔了一下,连忙往后缩。

茶杯跌了个粉碎。

老师们一脸诧异。

老糊涂了,水太满会烫了手,伤了茶杯啊!老校长道着歉,小马,没伤着吧?

我点点头,看到老校长的眼睛正盯着我。

我愣了一下,连忙对着老校长鞠了一个九十度的躬……

十七岁的单车

○萧磊

此刻,我站在二十七岁的时间窗口,眺望十七岁那年那辆锈迹斑斑的单车,无端地生出些感慨来:十年前的我和现在的我,就像隔桌而坐一样。

我搜索着所有和那辆单车有关的细枝末节,但其中的因果关系,经过了时间的发酵和抚摸,依然使我无法梳理。

那辆饱经沧桑的单车,驮着十七岁的我,满怀激动地行进在和我一样单薄瘦弱的公路上。道路两旁的水稻们低头倾听着单车发出的"叽嘎"声,一脸的阳光灿烂。

是镇上那间写着"中国邮政"的绿房子,拉住了我的车轮。我连蹦带跳地从车上下来,将它支好,然后胡乱地上了锁。

大厅里一个人也没有,橱窗后的三个营业员正围在一起说着些什么。见了我,她们的谈话就像被刀齐腰切断了,然后,一起扭头看着我。

我的脸"腾"地一下冒出一堆火来,连说话的腔调都变了。

我……我……取钱。我哆嗦着从裤兜里挖出了那张被我的眼睛抚摸了大半个上午的汇款单,递进了窗口。

那个营业员扫了一下,说,证件和印章呢?

我一脸的茫然，显得手足无措。

此刻我才明白过来，想把这张写着金额的纸，换成相同数额的活生生的人民币，是需要履行一定手续的，就像我写稿、誊抄、邮寄、变铅字上报一样复杂。

我像犯了错误的孩子一般，从她的手中接过原样退回的汇款单，离开了营业大厅。

去开车子的时候，我遇到了那个我暗恋很久的女同学。我一下子恢复了"作家"的自信，朝她笑了笑，说，我是来取稿费的。

还好她没问是多少，只是朝我笑了笑，就进去了。

现在想来，后来，我骑车到只有百米远的刻印章的地方时，心还一直"咚咚"地乱跳，以至"给我刻颗印章"这几个简单的字，都被我切割成了好几片。大概和那一朵微笑有关吧！

那老头儿的目光，越过一副老花镜框的上沿，打量着车凳上气喘吁吁的我，还以为我骑了老长一段路，有急事要办。

我从车上爬了下来，支好了。按老头儿的要求，转身就在纸上写下"胡古越"三个大字。我想，这三个字，会在不久的将来，照耀中国渐渐暗淡的文学界。

篆刻的活计就这样开始了。老头儿手中的刀，恍惚之间就变成了我手中的笔。他每一刀下去，都变成了我的文字，一个一个，跳进方格纸里。我看见了满天飞舞的汇款单，被那三个鲜红的"胡古越"，一张一张地敲过去。

我的美梦是被一个人拍醒的。

我不耐烦地耸了耸肩膀，厌恶地转过头去。

一个满脸络腮胡子的人，正凶神恶煞地瞪着我！

我慌慌张张地转了过来，整个身子靠在了刻章台边，感觉说话也有了点依靠。

你,你谁啊?

小赤佬,偷我的车,还敢问我是谁?

谁偷车了?

那男的拍了拍身边的自行车后座。

我突然发觉我的那辆车不见了,出现在我眼前的是一辆崭新的"凤凰"车!

那车,像块巨大的石头,把我压蒙了。

等我回过神来,连忙从他的手里挣脱出来,向刻章的老头儿求助。

大伯,你看到我刚才的车了,我没偷,我的车是旧的。

那老头儿大概也被弄糊涂了——一转眼工夫,车咋就变新了呢?然后,他还是点了点头。

还是去派出所说吧!那个男的边说边来拉我。

我甩了甩手臂,说,我自己会走的。

走了两三步,我回头叫上了老伯,让他帮我去作一下证明。

当我们三个刚走进派出所大门的时候,我看见我的那辆破车,正有气无力地靠在墙壁上。真他妈的见鬼啊,难道它自己长脚走进来的?

有关我偷不偷车的事情,在经过了一番陈述后,那民警显得有些厌倦了,最后他的一句"看你还是个学生,我们也不追究了",算是不了了之。

那个男的,愤愤不平地回头看了看我,推着他的自行车走了。那个刻章的老头,推了推眼镜,也走了。

现在,只剩下十七岁的我,和两三个穿着威严制服的民警在一起了。那种无法言传的孤独和无助,像潮水一样向我袭来。

我好说歹说,想要回那辆自行车。

你偷不偷车,我们已经不追究了。你说这车是你的,你拿行驶证来吧！那民警一副公事公办的样子。

我的眼泪忍不住要下来了。我说这车已经破成这样了，还怎么拿得出行驶证呢？

我把好话又说了一箩筐，那几个民警也只顾自己聊天了。

等我小跑着回到学校的时候，下午第一节课已经开始，班主任已经在询问我的去向了。

我终于忍不住，含着眼泪，开始了断断续续的叙述。车子的主人——我的同学于飞说，不要急，要不回来就算了。

我知道他是在安慰我。

不久，母亲知道以后，拿出些钱来，让我补偿一下于飞。

算了，一辆破车，值不了几个钱，于飞说，我路也不远，没关系的，同学一场嘛！

从那以后，家境贫寒的于飞，开始了步行上下学的高中岁月。

那辆车就这样丢失了。

当我写完上面这些纪念那辆早已尸骨未存的单车的文字时，电话响了。

胡作家，好久没见了，来喝我的喜酒吧！

我说，一定，一定，我还欠你一辆自行车呢！

于飞和我的笑声，在电话线两端，开成了两朵花。

那年的长发飘呀飘

○非花非雾

　　叶小芩有一头长发,妈妈让她扎一条马尾,精精神神的,符合中学生的身份。叶小芩不同意,每天早上用梳子一拢,甩下妈妈一串唠叨,便上学校去了。长发被晨风吹起,飘呀飘的,感觉特潇洒,特有情调,特韩剧。

　　叶小芩是个感情丰富的女孩,每天趴在课桌上,做着各种浪漫的白日梦。长发披垂在她的脸上,遮挡了大半张脸,给她的梦想也遮上一道安全隐蔽的幕帘。

　　叶小芩发现自己不可救药地喜欢上了同班的男生李广安。那是一个多么青春的男孩呀! 他的头发是韩剧男星的那种微长的,稍卷的,刚好挡住一只眼睛的样式,他的衣服都是森马休闲装,他喜欢在同学们中间炫,用拇指和食指做 V 状放在下巴下,摆出橱窗代言明星的派儿,口里念街头广告:穿什么,潮我看!

　　好帅哦。叶小芩在心里呼叫。叶小芩知道,这就叫着迷,她迷上了李广安。迷上李广安的日子,好甜蜜,又好胆怯。叶小芩最喜欢上体育课,李广安是体育健将、校篮球队中锋,每当自由活动时间,男生们就挽起袖子开始打篮球。李广安会脱下森马上衣,向女生们一甩,叶小芩总慌忙地伸手接过,然后脸红心跳地把衣服往旁边女生手里推,不等这边女生伸出手来,她又紧紧抱在怀里了,像守卫着一尊心中的偶像一般。

体育课结束回到教室,李广安洗了手脸,甩着水,从外面进来,身上还满是运动后不停散发的青春的余温。叶小芩红着脸把衣服递过去,不敢正眼看一下。李广安大大咧咧地顺手一扯,把衣服潇洒地往肩上一搭,便回到后排自己的位置上了。连句谢也没说过。或许,他根本没有在意是哪位女生帮他守护了衣服。

唉,初中二年级,十四五岁的小男生,就是这么粗心。他们从来也没有在意过女生的心思。

叶小芩上课开始走神,总爱把眼睛往后面瞟,她想知道李广安在做什么。她看到李广安不是专注地听老师讲课,便是悄悄地在桌子里玩什么小玩意。她知道李广安有一部手机,手机里有许多小游戏,还有好听的歌。她想如果自己也有一部手机,是不是就可以给李广安发短信了?

那两天她情绪特别低落,妈妈说什么,她都想发火顶撞。她越来越觉得妈妈天生是和自己作对的,比如她不喜欢姜的味道,妈妈偏偏炖了红糖姜水给她喝,说是偏方治大病,比什么药都好。可她相信 S. H. E 代言的"那个不痛,月月轻松"。母女俩就为广告可信不可信争辩起来,辩论的结果是妈妈气急,挥手打了她一巴掌,而她饭也没吃,甩门离家,晚上住到同学小薇家里。小薇妈妈悄悄打电话给四处寻找的小芩爸妈,让他们放心,但是爸妈还是跑来了,看到她和小薇都睡下了,叮嘱明天一定回家去,她答应了,他们才离去。

两个自幼一起长大的女孩说了半夜悄悄话。小薇有一部精巧的手机,叶小芩要借玩两天,小薇大方地放到她手里。叶小芩真生自己的气,别的女生都可以那么大方地和李广安说笑,那个矮矮胖胖的小冬,还敢拉住李广安胳膊和他抢手机玩,可她连找借口和他说句话都不敢。

她总是在他进教室时拿目光去迎接他的目光，但当他看过来时，她马上胆怯回避了。那天下午，李广安值日，教室里终于只有他们两个人了，叶小芩鼓足勇气，垂着头说："你的手机号是多少？"

李广安大声报着手机号，向她伸出手："你有新手机了，让我看看。"

叶小芩娇嗔地一扭身子："不给你看。"许是察觉了她的不对劲，李广安扔下灰斗，跑出教室，和一帮单车骑友呼叫着，一股风般飞出校园。

叶小芩用被子蒙着头，写了半夜短信，最后点击李广安的号码，发了出去。

她忐忑着，又很兴奋。她站在校外初夏的晨风里，风清凉清凉的，让她烧得火烫火烫的脸略略好受些。

操场上，李广安和队友们在训练，他接受不接受我呀？叶小芩突然害怕了，如果他接受了，下一步，她该怎么办？她后悔自己那个短信。一整天，她都晕晕乎乎的。数学课演板做错了两道题，新英语单词一个也没记住，上语文课的时候，她的手机短信提示响了一下，老师让她站起来。是李广安给的那个号码发的一个鬼脸，下面写着：你韩剧看多了，忽悠老哥？

老师问这个号码是谁的，前门口笑得东倒西歪的小胖墩站了起来。

叶小芩转向李广安，他韩派地一吐舌头。是他故意给了她小胖的号码。

就在那一刻，叶小芩感觉李广安周围的光环噼啪一下全没了，再看他，一点感觉也没了，她浑身上下说不出的轻松，连语文老师嘴巴一张一合，不停地训她也都没听到。

放学后,她拉着妈妈来到理发店剪了一个利索的短发,妈妈给她挑了一只可爱的心形的小手机。第二天,她光彩照人地来到教室,引来一片"哇"声。

但她谁也不屑多理,埋头自己的书本,李广安故作帅气地敲敲她桌子:"号码多少?"

她抬头直视着他,调皮一笑:"没号。"

操场边，那树合欢花

○非花非雾

上高中时学校有一个大操场，操场北边的空地上有一棵高大的合欢。合欢的树冠像一柄大伞，叶子像极了含羞草。每到夏初，树上开满淡粉色的小伞样的花，操场一角就像被晕染上了胭脂。粉红的花蛊惑着少女心中朦胧的爱，我的心中也浸染了一层胭脂色。

我的体育老师总在课外活动时间和同事们到操场打篮球，他跑动在球场上的身姿是那样矫健。我站在树下，双眼一眨不眨地盯着他，心里打鼓一样地跳，双颊烧成一朵合欢花。

最爱上的是体育课，那时候可以离他很近，听着他的口令是我最大的享受。最喜爱的体育项目是跳马，高大健壮的体育老师会在边上保护我们，只要我们的动作稍有偏差，他就及时伸出有力的大手，稳稳地接住我们，给我们安全。为了多接近他，我故意做错几次，感受他手上的温暖。

上早操时，望着在操场中间指挥的他。上文化课时，偷偷从窗子望向操场，看上体育课的他。我把抒发情爱的诗抄了一大本，为他。那句古诗我整整抄了一百遍："山有木兮木有枝，心悦君兮君不知。"

我开始写信，每天一封，写给他。把自己生活中的点滴琐屑在信里向他倾诉。没有勇气发出的信把我的小木箱装得满满的。

夜里，我不止一次地梦到他，梦到和他沿着一条开满合欢花的小路并肩走着，向太阳渐渐落下去的地方一直走……

为了能够和他并肩走在一起，我盼着自己快快长大，我拼命读书充实自己。

一年又一年过去，我心中一直开着操场边那一树合欢花。

二十年后，我已为人妻为人母，是一大群学生的老师了。一次和老同学聚会，酒到半酣时，洗手回来的同学说体育老师就在隔壁。我们一起端着酒杯拥过去。

体育老师现在已是某个部门的主管。

我坐在他身边，第一次这么近地打量他。依然那样高大挺拔，只是二十年的岁月在他脸上刻下道道印迹。他已饮多了酒，脸上皮肤松弛，眼里有了红血丝。当同学们起哄又一轮敬酒时，我看出他的力不从心。

想起当年对他刻骨铭心的暗恋，我心里发酸，眼睛不禁湿了。借着酒劲，我大声向他诉说当年的心事。他惊异地望着我，一点也不相信地说："不可能，不可能。我那时就记得你学习挺努力，无论如何也没想到你有这种想法。"

有个同学起哄说："当年您知道了，会怎么样？"

体育老师板起脸来："知道了，除了训她，还是训她。"

我释然于怀，青春岁月中绽放的一树合欢花在眼前纷飞，坠落一地。

我举起杯子，先干三杯，然后敬我的体育老师。为了当年的"心悦君兮君不知"，为了现在的豁然开朗，天宽地阔。

我把自己灌醉了，体育老师也醉了，我扶着他走出酒店，招手叫来等在门口的出租车，目送他离去。然后我拿出手机，拨了老公的号码……

这晚我又腾云驾雾，飞到了中学时的操场，操场旁边的合欢正是开花时节，朵朵粉色的小伞如轻雾如红霞，开得让人心尖打战。在漫天飞花的小路上，不再有体育老师的身影了。

雕　木

○非花非雾

王月跟领导辞了三次，也没把"班主任"这一个月十四元补贴的官辞掉，接下来了，就得干下去。把自己的孩子扔给小学老师，把八年级八班的四十五个学生当自己孩子来教育。

开学第二周的晚上，王月值班维持校纪。

一个矮小的男生从宿舍楼跑出来，绕操场一周，气喘吁吁地来到王月面前，黑瘦的小脸在灯光下闪着焦急："老师，我的被子丢了!"他说话的声音低得几乎听不到。

"怎么丢的?"

"不知道。"

"你怎么这样疏忽大意呢? 我在广播上帮你问一下。"

令人失望的是，直到第二通熄灯铃响过，也没人回应。王月无奈地把自己的夏凉被借给他。

第二天，有两名女生找到王月，悄悄说，刚才在操场边的垃圾堆见到一条棉被。

这个丢棉被的学生是王月班的，叫魏刚。

魏刚的前班主任来串门儿，看到窗外闪过魏刚的背影，警告王月说："这可是个让人头痛的学生。学习不努力，他奶奶也管不住他。

冬季怕冷不出操,藏在寝室被子里,管理老师到寝室检查,他就藏到床底下……唉,朽木不可雕也。"

周末放学,王月将魏刚叫进屋,问:"你的被子拿回去拆洗了没有?"

"没,没有。"他回答,低下头,再也没将头抬起来。

王月说:"去吧,把你的被子拿来,先放我这儿。"

开学时,王月把拆洗好的被子还给魏刚,他只是咕哝了一声,拿起被子,一转身就出去了。

唉,这个学生,连句"谢谢"都不会说。

作文课上,王月让大家写《最难忘的一位老师》。当班里大多数人提纲还未列好时,她发现第一排的魏刚潦潦草草地在作文本上写了快一页,中间已有两个墨团。

王月非常恼火,严厉命令魏刚将作文本交出来。

当她的眼睛与文字一接触,就发现自己错了。魏刚的作文一开头便吸引了她:

实验中学是封闭式学校,我一天二十四小时和我的同学们在一起。学校很整洁,楼前楼后种着各种草木。

一到上课时间,校园上空就飘荡着明快而有节奏的进行曲,踏着曲子进来的是一个身材高挑的女老师,鹅蛋脸,细长的眉,那双能洞察一切的大眼睛总是含着笑意。她的声音格外甜,她温和地对我们说:"从今天起,我来和大家一起上语文课,希望大家把我当作好朋友。"我感到一股春风吹过教室,心里暖暖的,很舒畅。

王月的火气消了,不是因为他写的是自己。

为了不打断魏刚的思路,王月把作文本还给他,示意他继续写下去。

王月把优秀作文在广播里朗读,然后推荐给学生作文刊物。全校只有三篇文章被选中发表,其中就有魏刚的那篇文章。作文课上,王月把刊物和五十块钱稿费交给他。同学们鼓起掌来,他却趴在桌上,一抽一抽地哭了,嘴里还嘟囔着:"这是第一次有老师真正看过我的作文。"哭得王月的鼻子也酸酸的。从前班级大,那些字迹潦草的作文,往往只能得一个"阅"和日期。王月有些内疚,对魏刚,也对自己教过的那些学生。

中秋节快到了。校园文学社向全校师生征稿,魏刚投的竟是一首诗《月亮里的妈妈》:

人们说妈妈的微笑像满月

妈妈呀

我已经忘了中秋节的样子

…………

全诗叙写了他的爸爸生病死亡,妈妈为了生活嫁到更偏远的乡下,四岁的他由奶奶一手拉扯大。改嫁的妈妈牵挂他,煮了嫩青豆拦在路口送给他,他偷偷把五十块钱稿费塞到妈妈口袋里。

诗有仿写痕迹,但是充满了真情,王月把它刊了出来。魏刚的不幸身世与他的才情得到了全校师生的关注。大家看他时,眼神不再是那种冷冷的不屑。上体育课时,魏刚不再是一个被人冷落到操场一角的弃儿。大家都围过来,叫他一起打篮球。选学生会干部时,大家推选了他。

当他清晨拿着纪律检查簿从走廊上走过,记录早读迟到的学生时,有学生悄悄地说:"看哪,他怎么突然就跟从前天差地别了?"

几年后,学校组织高考状元返母校演讲,中间那个小个子,脸皮不太白净,眯着眼,一直像在思考什么的大学生,不就是魏刚吗?

王月还在打量,魏刚已站起来,向她走来,而她悄悄地离开会场,躲到办公楼的拐角,泪流满面:做班主任这些年,她一次也顾不上辅导自己的儿子,今年,儿子中考失利,复读了。

望着坐在学生中的儿子,王月心中隐隐作痛……

卖 菜 记

○曲辰

我上过两年初三,参加过两次中考。说起来,都是上个世纪的事儿了。

一进初中,我就狂热地迷上了文学,课外图书课内看,业余爱好专业写,为此荒废了学习。那时的写作,近乎无病呻吟,但我自我感觉良好。每过一段时间,我都会将自己的文章汇集,用针线装订好,起个雅致的名字,编目写序,一本"书"便"出版"了。不过我也知道,这自娱自乐的"书"拿不上台面,是不能算数的。我对同学们说,将来我肯定会出版真正的书。那谁,你的字儿不错,题写书名非你莫属;那谁,你有很好的美术功底,封面设计由你代劳;还有那谁,序言就归你啦……

缘于此,我第一次中考的成绩惨不忍睹。家人并没有怎么责备我,只说安排我转学复读,来年再战,趁着暑假,温习功课之余,帮家人干点活儿吧。放假时,麦已收秋已种,家里的活儿也只是卖菜而已。在此之前,我是参与过卖菜的。那时大哥是县里卫校的住校生,二哥远去新疆当了兵,每到星期天,爷爷总是带我去别的村子卖菜。天不明就被家人从床上拽起来,扔到架子车上,和黄瓜、西红柿一起上路。清冷的晨风和着爷爷"嘚儿——驾!"的喊声,给少年的我留下最深刻的记忆。现在我闭上眼,似乎还可以感受到骡车在崎岖不平的道路上的颠簸,看到似黑似蓝的天幕上的晨星。

　　但这个夏天不同,二哥已复员回家,担当着卖菜的主力。在部队,二哥是驾驶员,回来一时找不到合适的工作,便整日待在家里。家人怕他荒废了技术,筹钱买了辆机动三轮车,让他开着。再卖菜,鸟枪换炮,二哥驾驶着三轮车,好似一位威风凛凛的将军。我特别喜欢和他一起干活儿,爱听他讲外面的事情和生活的道理。别的不说,"杀鸡杀屁股,一人一杀法"之类的俏皮话,就让我感到新奇。我专门买来一个笔记本,记录他口中稍纵即逝的俏皮话。

　　卖菜时,二哥也是妙语不断。"价钱说好,秤上给够"给我的震动就挺大,这话从二哥嘴里说出来,朴实又形象,相比之下,"诚信"就太文气太概念化了。卖到最后,我为顾客挑剩下的蔬菜发愁,二哥却说:"拣到了(音 liǎo,意思是'最后')卖到了,百货对百客,不用急。"后来,还真有人看上那些剩下的菜呢。这让我大开眼界,不由得对只有初中学历的二哥肃然起敬,想到几年前他回信说我投稿的事:"你久投而不中,每次失败都要找出自身的不足,这样才能有所长进。要有真情实感,而不是空想虚构。生活中的很多事情,常常是苦想苦找的题材!"想想平时闭门造车的习作,我羞愧不已。

　　卖菜间隙,二哥说:"你要好好读书,不要像我一样。妈以前总训咱们不好好学习,将来就等着跟拖拉机拾大粪吧。如今犁地拉车都用不着牲口了,你这个拾大粪的跟着拖拉机,它又不会拉大粪,你还有出路吗?以前我总是把妈的话当耳旁风,现在才真正理解了。"二哥又说:"现在是蔬菜上市旺季,你看这黄瓜,价贱,才五分一斤,但贵贱都能换点钱啊!你开学要交学费一百元,如果要卖五分一斤的黄瓜,需要卖两千斤。"

　　那么多黄瓜,压得我喘不过气来。我鼻子发酸,沉默不语。

　　回家路上,看到某个村子河渠里有水,二哥把车停在旁边,我们就着里边的水洗脸。二哥问我："知道这水从哪里来的不？"我说："不就是从地下抽出来的嘛。"二哥说："不对，这水是从青天河水库里放出来的，可惜这儿又没什么地，只是用来浆洗东西。"青天河水库我是知道的，它截住源自山西的丹河水，只放很少一部分水过闸，那些水奔流而下，注入沁河，沁河水蜿蜒前进，汇入黄河，九曲黄河浩浩荡荡，融入海汇入洋……

想到这里，我呆呆地立着，说不出话来。

暑假过后，我背着铺盖回学校复读了。第二年夏天，县第一高中提前招考，我顺利被录取。

找路的人

○曲辰

在黑夜里点一盏希望的灯

像天边的北斗指引找路的人

在心里面开一扇接纳的窗

像母亲的怀抱温暖找路的人……

我是在叶田那儿第一次听到这首歌的，当时并没觉着什么，简简单单的四句歌词，郑智化翻来覆去地唱了七遍。但从此，我便在心里记住了这首很特别的歌。

那一年我们十八岁，因对文学的共同爱好，我们便走到了一起，相识、相交、相知。身为一名来自农村的中学生，考上大学跳出农门是我义无反顾的向往。叶田发现我这个愿望是如此的强烈，表示理解之余，又亮出了自己的观点："如果仅为跳出农门才努力，才拼搏，那就太没有价值了，相信你只是把这作为自己学习的动力，而不是目的。"

认识叶田之前，我和同班的一个女孩处过一段，终因性情不合而分手，但心里总是疙疙瘩瘩的。叶田得知，告诫我道："作为男孩子的你，应理智一些，要拿得起放得下，对感情这种最是纠缠不清的东西，你不应优柔寡断。"

高考落榜后，我们都自费上了大学，相隔遥远，我和叶田鸿雁传书,互相交流生活的感受,互相鼓励:"一个人活着,最重要的是要有上进心,要求上进,才会有理想和追求,即使再苦再累,生命里也永远充满春天。"我曾自比航船,把叶田比作帆,作《征航图》答谢叶田。就是这样,叶田一次次地校正我的航线,伴我冲出迷雾,驶向开阔。

每一次收到叶田的来信,总会被人当作是情书,虽然只是些平平常常的文字而已。但是我好虚荣,喜欢他们把这些信说成是情书,喜欢有一种被人羡慕甚至嫉妒的感觉。同时我也不否认对叶田的感觉很特殊,有别于普通朋友。

当这种感觉积累至一定程度的时候,我真想向她表白些什么,可是她的信又来了:"三毛说过,男生和女生之间是会有纯真的友谊的,我完全相信,不再有任何怀疑,你呢?"

我……也相信。

我将她的信收集起来,一针一线地订好,再煞有介事地写序、跋,随手翻阅,感受着她的关爱。又一时冲动,置办了个硬面抄,将她的来信一笔一画地抄录在上面。

两年的大学生活转瞬即逝,和往常一样,我照例收到了叶田的回信。在信中,她告诉我她已和一位学兄恋爱,对于我们三年来的交往甚为感谢:"我们还是好朋友,一切都没变。"

我的心情却变了,我只感到一种深深的失落感充盈着我的全身。直到这时,我才真正明白原来自己是多么多么地喜欢她、在乎她。

我与爱情擦肩而过了。

和我的断然分手,大约就是叶田最后一次表达对我的关爱了。她也许怕我们再这么不紧不慢地下去,只会影响我的努力前行,且是为了让我早点儿警醒奋发——表达关爱的方式有多种,先是正面鼓励,而后反面刺激。朋友是条凳,当你学会走路时只好舍弃;朋友是段路,那么,就到此为止吧!

就是在这个时候，我才真正听懂了《找路的人》——

也许你曾经迷失自己但不要害怕

就当这个地方是你暂时的家

也许明天你要再度浪迹天涯

就让我一双祝福的眼眸陪着你出发……

心　事

○崔立

从那位新调来的年轻女老师刚走进教室的那一刻起,少年就不由自主地对女老师有了关注。

那一年,少年十四岁,正念初二。

女老师像是从电视上下来的一样,漂亮动人;声音柔柔的,如一阵春风般轻轻拂过少年还不成熟的心田,荡起丝丝的涟漪。

女老师教的是语文。语文一直都是少年最感乏味的课程,少年总是在上课的时候翻着那些武侠小说来打发时间。

而现在不同了,少年觉得女老师本身就吸引着他,继而她教的语文也就充满了诱惑力。少年开始认真地看起语文书来,按照女老师的要求,翻着一页一页,默念着那原本枯燥的文言文。

就在那个晚上,少年做了个梦,梦见女老师轻唤着他的名字,向他走来,并且告诉他,要好好学习。

然后就有一天,女老师上完课走出教室时,少年在走廊里悄悄对老师说了句:老师,我喜欢你。然后不等女老师反应过来,少年红着脸匆匆离开。

再见到女老师时,少年明显有了羞涩,不敢直视女老师,甚至在女老师上课走过少年身边时,少年都会不自觉地低下头。

可少年的语文成绩却在不知不觉间突飞猛进。任谁也无法想到，以前语文成绩总要拉班级后腿的少年，居然一下子步入前十之列。

女老师似乎看出了其中的端详。女老师把少年叫到办公室。少年一声不吭地低着头，女老师轻轻拍了拍少年的肩膀，说，其实你的语文底子不错的。我看过你上学期的成绩，那时你是全班四十多名，而短短一个学期不到，你已经是全班前十名了。这可不是一般人能够做到的。

少年没说话，只是静静地听着。

之后的班会上，女老师还做了个让人意外的决定，由少年担任本班的语文科代表。这个决定令少年惊讶不已。

少年的语文成绩又有了显著的提高，不仅每次测验都能夺得全班第一，少年的作文《一个孩子的梦想》还在全县的作文竞赛中荣获二等奖。

看到孩子有这样的成绩，女老师觉得很欣慰。

那一天，女老师抽开她那个带锁的抽屉，看到抽屉里静静躺着一封信，信是通过抽屉的缝隙塞进来的。信是少年写的。那封信，饱含了少年充沛的情感，看得女老师目瞪口呆。轻轻合上信，女老师甚至在想，自己之前的引导算不算是个错误呢？

女老师叫来了少年。女老师指着那封信问少年，知道什么叫爱情吗？

少年异常坚定地点了点头，说知道。

那爱情又是什么呢？女老师继续问少年。

爱情就是付出。少年说。

女老师呵呵笑了，那你能答应我考上县高中吗？并且在考取县高中之前，不能有别的任何想法？

少年想了想，更坚定地点头，说，可以。

少年果然就像是吃了定心丸一样,一门心思地上课,学习。成绩也是扶摇直上,稳居年级前列。偶尔,少年也会专注地盯着女老师的背影看,但少年不敢正面去看女老师,少年很看重承诺两个字。

少年拿到县高中录取通知书那天,一个人来到了县城想放松一下自己,巧的是居然在大街上看到了女老师。让少年感到沮丧的是,女老师居然和一个男人很亲密地站在一起。少年的心不觉就隐隐有了恨。少年悄悄地尾随着女老师他们,少年很想问个究竟。

走了很长一段路。在那一条长长的空巷子里,少年不期然地听到了女老师和那个男人的对话。

男人问女老师,怎么样?现在可以把婚礼办了吧?为了你那学生,拖了我们一年半的婚期,你觉得值得吗?

女老师微笑着,说,当然值得啊。至少我没有让一个可塑之才在我的手中陨落。

少年那攥紧的手,不自觉地松开了。

少年又做了个梦,梦见自己长大了,遇见了一个比女老师更漂亮、更动人的女孩……醒来后的少年忽然想,自己是不是该好好祝福女老师呢?

刀

○ 崔立

冬天的夜黑得有些早了。

有点冷。更饿。

少年想都没想，就闯进了一家店。那是一家典当行。典当行里只有一个老头站在柜台前，操着一个算盘，在盘算着什么。

少年的手里拿着一把菜刀。爸妈离婚后，法院把他判给了父亲，可父亲整天忙着赌钱，赌得家里越来越穷。有时还会狠狠地揍上少年一顿，骂少年是扫帚星。家里已经没留下什么东西，该卖的也都卖了，唯一能利用上的，就是这把刀了。

少年重重地将刀拍在了柜台上，声音有些响。老头听到声音，忙抬起了头。

少年狠狠地瞪了老头一眼，刚想说些什么，反而被老头抢着说了：这刀不错，能值不少钱呢。

少年愣了一愣，不明白这刀，怎么就值钱了。这刀，是少年在抽屉里无意中翻到的。

老头看少年茫然的神情，就笑了，说，孩子，这刀的来历，你爸妈没和你说过吧？

少年摇了摇头，说，没有。

老头就给少年解释说，这刀啊，可是几百年前的神物啊，你看这刀，是不是不见它生锈？还有这刀柄上，是不是刻了一个"李"字？

少年认真看了一下，还真是，这刀发出缕缕寒光，不见任何锈意。少年还看到刀柄上的"李"字。少年就姓李。看来，这刀还真是祖宗传下来的呢。

不自觉地，少年忙拿住这刀，满是警觉地看了老头一眼，说，如果我抵押在你这儿，你能给我什么价钱？

老头想了想，又想了想，就说了一个数字，一个足以让少年心动的数字。

少年重重地点了点头，说，可以，成交吧。

因为有了这笔钱，少年很圆满地度过了那个寒冷的冬天。少年没把卖刀的事告诉父亲，若是让父亲知道了，这钱肯定会成为他的赌资，继而又落入别人的腰包。

因为有了这笔钱，少年再没有过那种过激的想法。

有时候，少年甚至会想，若是那天，老头不清楚那把刀的来历，自己抢了那家典当行，自己现在又会是怎样呢？会不会现在正坐在阴暗的牢房内呢？

莫名地，少年忽然有些感激起那个老头来了。

若干年后，少年长大了。

那笔钱，几乎支撑了少年整个成长的历程。

少年慢慢地成才了。大学毕业，自己开了公司。

没几年，少年就赚了许多的钱。

有了钱后，少年会想到那年冬天的事儿，还有那把祖传的刀。

少年忽然就动了想把刀赎回来的念头。

少年想，凭他现在的财力，想赎回这刀，应该不难。

少年驱车到了那家典当行的门口。

少年没看到那个老头，柜台前站着的，是一位年轻人。

少年说明了自己的来意。少年问年轻人，自己需要支付多少钱，才能赎回那把刀。少年想好了，一定要好好和这个年轻人周旋一下，尽量把价格压到最低。少年有钱，但不想花冤枉钱。

年轻人只是微微笑了笑，就把少年往里面带。

进到里屋的一间房，看到屋里坐着一位老人，他已经很老了。少年还看到橱柜打开的一角，放着一把早已锈迹斑斑的刀，那刀的刀柄上，刻着一个大大的"李"字。

少年有些不明白。

年轻人就笑着给少年讲了一个故事。一位老人看到了一个心生邪念的少年。老人想拯救少年，就想了一个办法。他把少年手上持有的刀，谎称是宝刀，许以重金买了下来。老人只希望少年能因此走上一条光明正大的路。

那一刻，少年发觉已经控制不住自己的泪水了。

故事讲完了。

老人面色凝重地看着少年说，现在明白我做这一切的初衷了吧？

少年点了点头。

老人最近专门出资设立了一项救助基金，无条件地救助那些需要救助的人。

老人还有一个身份——本市最大的典当行的老板。

那年我们一起种树

〇崔立

那一年，我还有半年毕业，是职校毕业。

由学校安排，我和另四名同学一起前往一个大型苗圃基地实习。说是实习，其实就是打杂，要想在那里留下来，几乎没什么可能。我们被安排过去，就是玩上三四个月，然后回学校拿毕业证书，走人。

就业形势很严峻，我们去那里，其实盘算着的还是找个什么样的工作。也许，在那里，就是我们最后的轻松时光了。

在那里玩的几个月里，爸妈帮我找了一份活儿，是在一家绿化工程公司工作。试用期三个月，职务是技术员，可以拿工资，一月六百块，没休息日。

父亲把我送到了那里，一个离家挺远的地方。父亲身体不是很好，没走几步，就气喘吁吁了。父亲老了，但我又是那么的不成器。我有些沮丧，但没有表露出来。那里的工作，算是父亲的朋友给介绍的，父亲给那里的负责人递着烟，说，拜托你们了。负责人笑笑，说，没事。

父亲走了，我被留在了那里。住的地方，有一栋很大的别墅，我就睡在别墅旁边的一间平房内。天一黑，是不能出门的。院子里养了一条大狼狗，一到晚上就被松开了铁链，很吓人。白天我见过，朝我不停地狂叫着。真被它咬上一口，那就不得了了。头一晚，我没睡着，一熄灯,蚊子就出来了,不停地咬我。开了灯,蚊子不咬人了,但我更睡不着了,我不习惯在灯光下睡觉。迷迷糊糊的,一直是半睡半醒,不知不觉天就亮了。

第一天,是除草。就我一个人,在院子里的一块大草坪上,除里面的杂草。我开始是蹲着干的,干了没多久,腿就酸了。有个和我一般大的同事提醒说,可以去搬张凳子,坐着干,就不那么累了。听了他的话,我还真去搬了张凳子,坐着来除草。坐了没多久,还是累。可能是我人太高的缘故吧,我必须把整个身体都趴下来,这样真的很累人。

好不容易把上午撑过去。中午吃完饭,没休息,又出工了。四月的天,已经很热了。没多久我就已经满头大汗。再加上累,还有腿酸,一股莫名的委屈涌上心头。我看着天,想着那几名还在实习的同学,他们可比我幸福多了。虽然他们拿不到钱,可能工作至今也没方向,但在那里,至少还可以无忧无虑地再玩上几天。

我除了整整三天的草。天天都是大太阳,晒得我整个人像个黑泥鳅。有时想想,真不知道那几天是怎么过的。

后来的一天,是老板亲自点的名。让我和另两个跟我一样刚从学校毕业的同事,一起去一个工地挖香樟树穴。那香樟,光根部的泥球直径,就有一米五。挖的树穴,起码要两米见方,深度也要在一米以上。

我们三个人,戴着草帽,在早已指定好的位置,开始挖树穴。起先是一人一个,各挖各的。一锹一锹的土,从坑里甩出来,别提有多累了。因为离别墅远,午饭要自己解决。在路边,看到有人在卖吃的,要了三个盒饭,就在工地上,大太阳下,席地而坐,我们吃得还挺香。

最苦最累的,还不是这个。

那一次,工程刚刚上马。因为送树苗的车要凌晨两点到,老板把我们所有人都召集上,晚上突击干活儿。晚饭后,我们先把白天挖好

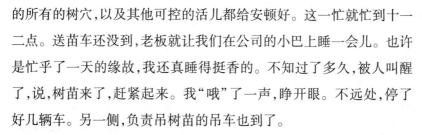

的所有的树穴,以及其他可控的活儿都给安顿好。这一忙就忙到十一二点。送苗车还没到,老板就让我们在公司的小巴上睡一会儿。也许是忙乎了一天的缘故,我还真睡得挺香的。不知过了多久,被人叫醒了,说,树苗来了,赶紧起来。我"哦"了一声,睁开眼。不远处,停了好几辆车。另一侧,负责吊树苗的吊车也到了。

这一忙,就忙到了天亮。我还是第一次这样干活儿干到天亮。好不容易忙完了,老板又对我说,你留下来,一会儿浇一下水。我"哦"了一声,和另一名年轻同事,一起去车上搬下了浇水的机器。

在那里干了一个多月,爸妈说要来看我。说好是中午到的,我等了半天,也没等到。那时还没买手机,只有干等。最终,他们跌跌撞撞地来了,由父亲扶着母亲。父亲说,你妈她刚才差点让车给撞了。我刚想说什么,母亲看着我,却是一脸的心疼,说,你黑了,又瘦了。我听着,莫名地,眼泪就下来了。

最难耐的是晚上。后来我搬出了别墅的小院子。老板在别墅旁,又建了两排平房,我住进了其中的一间。除了我,还有两名年轻同事。他们家住得近,有时下午干完活儿就回家了,剩下我自己。到了晚上,我一个人挺无聊,也没电视,连水也没的喝,就去旁边的小卖部买冷饮。我还清楚地记得,那时的小瓶雪碧,要三块钱一瓶。我买一瓶,没几口就喝完了,不敢再去买了。钱花起来太快。我辛苦一天,也就赚二十块,去掉一天五块的伙食费,真不剩几个钱了。

想到爸妈,我还是咬紧了牙关。

而今,我已经离开了那家公司,找到了更好的工作,有了更好的待遇。我不用再为三块钱一瓶的雪碧纠结了。但有时想想,我还挺怀念那段日子的,因为,只有尝到了苦,才能真正体会到幸福和快乐的真正意义。

我永远感谢那段吃苦的日子。

青涩香蕉

○沈宏

　　高三学生郭小冬接到学校通知："下午两点半到多媒体教室听课。"郭小冬真是一头雾水：马上就要高考了，这是上什么课啊！

　　下午两点半，郭小冬准时走进多媒体教室时，发现同年级的有二十位同学来听课，其中夏小花也在，还有不少老师及家长。

　　郭小冬有些莫名其妙地朝夏小花挤挤眼，夏小花则微微地一笑。郭小冬想起昨晚与夏小花亲密的接触，当然这仅限于接吻。说真的，这感觉很好很自然。开始，他们谁也不知道他们会接吻。当时，他们只是在公园的假山背后有个约会，交谈交谈，谈的也只是有关班里的一些事情。不过谈着谈着，郭小冬忽然发现夏小花的嘴唇非常好看，那粉红色的嘴唇细细柔柔的，像一朵清新的百合。郭小冬很自然地靠过去轻轻地在夏小花的嘴唇上吻一下。夏小花的脸一红，但并没有拒绝。于是，郭小冬又很大胆地吻上去……

　　上课了，教室的屏幕上突然出现一行字：青春健康观摩课——对爱情负责，对性负责，对自己、对家庭、对社会负责。

　　座位上有的男生张大了嘴巴，有的女生害羞地低下了头。主讲老师皮克让几位同学上台表演一个话剧，大致剧情是：小佳和小海是同班同学，临近高考了，他们却经常一起放学回家，途中到河滨公园玩或

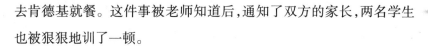

去肯德基就餐。这件事被老师知道后,通知了双方的家长,两名学生也被狠狠地训了一顿。

演到这儿,话剧戛然而止。

这时,座位上的郭小冬和夏小花不约而同地互相对望了一眼。边上的同学又窃窃私语:"这老师也真是的,干吗训他们? 我想,要是真心相爱,就该让他们交往!""快高考了,还是应该停一下吧。继续交往一旦出了事怎么办?"

教室的屏幕上又出现了一段录像:某妇幼保健医院少男少女门诊科,一位身材瘦削、穿着羽绒服的女中学生走进门诊,她向医生打听能否做"可视人流"。医生问她:你几岁了? 女中学生说:十七岁! 医生问:你们发生关系的时候,知道避孕吗? 女中学生说:不知道! 医生问:你什么时候知道自己怀孕了? 女中学生说:一直不知道,只是近三个月没来月经。医生又问:你有没有向你妈妈咨询过? 女中学生说:没有。医生又问:你和男友上学时上过生理课吗? 女中学生说:上过,但老师讲到这儿时就跳过去了……屏幕画外音:现在妇科医生都总结出少女怀孕的公式了。据妇科医生分析,恋爱——性行为——无避孕——妊娠——不知道怀孕——人工流产或引产……

录像又戛然而止。一片静默。稍后,皮克老师示意表演话剧的同学再次上台。话剧的结尾有两个版本:一是小佳、小海和以前一样交往;二是小佳不理睬小海。

接下来便是一场激烈的讨论。一位男生说:"我觉得小佳和小海可以继续交往,只要他们保持这种纯真的友情。"有好几位同学表示赞同。

一位女生却反问:"你能保证他们继续这样交往? 一旦他们越过底线呢? 所以我反对他们继续交往。"

大部分同学选择中立,理由是学习很重要,男女正常的交往也很重要,两者可以做到互不影响。有位同学还提出了方案,譬如相互勉励,相互竞争,减少单独相处时间,等等。

皮克老师摆摆手说:"同学们,你们的讨论都颇有道理,问题是大家该怎么做?"

有趣的是讨论接近尾声时,在场每位同学都得到皮克老师发的一个香蕉。

"太生了,涩涩的!"一位同学刚咬了一口就大嚷起来。接着大伙都抱怨皮克老师把未成熟的香蕉给他们吃。皮克老师却意味深长地笑笑。

郭小冬走出多媒体教室时,夏小花正站在一棵栀子树旁,白色的栀子花撒了一地。郭小冬的心又猛地一动:夏小花就像这栀子花。

夏小花拿着青涩的香蕉对郭小冬说:"你想尝尝吗?"

郭小冬朝夏小花深深地望了一眼,然后说:"不想!"

夏小花把香蕉一扔,说:"你混蛋!"转身跑了。

郭小冬在她背后喊道:"夏小花,你像栀子花!"

少年阿东

○沈宏

　　少年阿东走进学校附近的一家发廊时,年轻的女理发师正在替一位老头儿理发。女理发师朝阿东笑笑,问:理头发? 阿东有些害羞地点点头。女理发师说:你先坐坐,我马上就好。

　　于是,阿东坐下来。阿东先看了一下室内的环境,墙上除了几张有关明星发型的图画,还加了几幅现代派装饰画,简洁而明快。正前方有两面很大的美容镜,于是阿东对着镜子看女理发师替老头儿理发。阿东看到镜子里的女理发师有一张妩媚的脸,笑起来非常好看。这使阿东想起他在乡村中学上初中时,教他英语的那位漂亮女教师,女教师的笑容也很好看! 那时阿东常常被女教师的笑容所打动,并且暗暗地喜欢她! 当然,阿东并不知道这种喜欢有什么意味,他只是喜欢罢了。

　　镜子里的女理发师有一双白皙的手,手指纤细又柔软,手指甲上又涂了玫瑰红指甲油。女理发师的手在老头儿的头顶不停地移动,这就像两只漂亮的蝴蝶在翩翩飞舞。阿东从老头儿的神情看出,他非常舒服,甚至有点儿飘飘然。阿东也看呆了! 于是,阿东又想到漂亮女教师的那双手,很白很修长。阿东为了让女教师的手能摸摸自己,他曾躲在走廊的拐角,等女教师拿着讲义走过来,他装作没看见跑过去,跟女教师撞了个满怀。女教师的讲义撒了一地,阿东拾起讲义说:老师,对不起!女教师拿过阿东拾起的讲义时,她修长的手指正好碰到了阿东的手。这只是一瞬间的接触,阿东感到一种美妙的音乐在他心头滑过。接下来,女教师的手又在他头上拍了一下,说:小心点,别跑!这一拍又使阿东有了一种柔软的快意。

哎,该你了!女理发师叫了阿东一声。阿东才如梦初醒。他看到老头儿已理好发正在付钱。阿东坐上了椅子,女理发师给他围上白围单。女理发师那纤细的手指时不时在阿东的脖子上划过,使阿东有一种又凉又软的快感。

阿东觉得好久没有这种快感了。阿东是中考得了高分,从乡村来到城里读高中的。当离开那所乡村中学和那位漂亮的女教师时,阿东心里有种空落落的感觉。好在紧张的学习生活很快占据了阿东所有的思想空间,每天三点一线:寝室——教室——食堂。阿东班里的同学都很厉害,没日没夜地拼命,他们都知道能进这所重点高中不容易,所以格外珍惜!阿东的父母对他期望很大,希望他将来能读清华什么的。这一点阿东倒无所谓,不过他想,自己能从乡村来到城里也不容易,得混出个名堂。阿东有两个月没理发了,一头长发,他觉得该理个发了。于是他从学校跑出来理发。

这时,女理发师手里的电剃刀在阿东头上来回移动,同时女理发师的手也轻轻摩擦着阿东的头。阿东几乎闭上了眼睛,享受着这美妙的音乐般的快感。电剃刀突然停了。阿东睁开眼,看见镜子里的女理发师放下电剃刀,拿起剪刀和梳子又飞快地舞动起来。梳子和剪刀在女理发师的手里配合得相当默契。而就在这时,阿东又突然从镜子里的女理发师那下垂的领口内看到两个圆圆的乳房。说真的,这是阿东第一次这么具体、这么真实地看到女性的胸部。阿东的心突突地狂跳起来,血液猛地往上奔涌。由于阿东过分专注,女理发师有所察觉,她直了直身子,说:看看你的发型怎么样?阿东还没回过神来,他脑海里不断地闪现刚才那一幕——两个圆圆的乳房不停地抖动着,就像春天里的两只白鸽。女理发师拍了拍阿东的头,说:喂,问你呢! 阿东云里雾里地说:问什么? 女理发师说:看看你的发型怎么样? 阿东说:挺好的! 女理发师说:别看走了眼!

接下来的两个月里,阿东出现了几个变化,一是上课老走神,学习成绩明显下降;二是每天中午或傍晚,阿东总会在发廊周围徘徊一阵;三是半个月理一次发,可阿东再也看不到女理发师那下垂的领口内的两只白鸽了——因为女理发师换了件紧领口衣服。每次理完发,女理发师总是用她那又白又修长的手拍拍阿东的头,说:好了! 女理发师的脸上闪现出一种女性特有的妩媚和温柔,这使阿东感到很温暖!

一个周末的傍晚,茉莉花开得好清香。阿东又和往常那样踯躅在发廊的附近。女理发师忽然出现在阿东面前,说:喂,小男孩儿,带你去个地方! 说着,女理发师拦了一辆的士。的士载着女理发师和阿东在弥漫着茉莉花清香的城市街道上行驶。阿东几次欲问女理发师要带他去哪儿,可他看到女理发师面带微笑地望着车窗外的那种恬静美丽的神态,又不忍心打扰她。当女理发师带着阿东走进天湖美术学院的大门时,阿东问:到这儿来干什么? 女理发师说:让你见识见识!

女理发师和阿东走进了美院的画室。在画室里,阿东惊奇地看到了一幕:画室宁静而温馨,灯光柔和。女理发师的裸体缓缓地展现出来,流畅的线条构成了一个美妙绝伦的人体轮廓。女理发师用独特的人体语言与美院的学生交流。学生们神情专注,每画一笔都凝聚着他们对美的崇拜和赞叹! 这时,阿东的心也从开始的狂跳中慢慢平静下来,他仿佛觉得漫天的茉莉花瓣轻轻地飘下来,轻轻地洒落在女理发师那绝美的胴体上。

那天夜晚在回学校的路上,阿东和女理发师有这样一段对话:

"你是人体模特儿?"

"我本来就是人体模特儿。"

"那你为什么要开发廊?"

"美发也是一种艺术。艺术会让人们的心灵变得纯洁!我喜欢艺术!"

"大姐!我可以叫你大姐吗?"

"当然可以!你这个小男孩儿!"

"大姐,你太美了!大姐,在你面前,我真是个小男孩儿!"

"小男孩儿,好好学习,天天向上!"

"大姐,我会的!"

"……"

满天星星闪烁,夜空中回荡着少年阿东和女理发师的笑声……

爱有时仅仅只是喜欢

○张亚凌

"妈,今晚你能不能睡在我的房子里?"很突然地,我家的小男子汉开口了,"咱俩也说说悄悄话。"

我很爽快地答应了,心里更多的,是激动,我的孩子并没有因为自己的成长而拒绝他的妈妈!

躺在床上,直到拉灭了灯,儿子才开了口:"妈妈,你得保证,不能笑话我!"我看不见他的表情,可通过他略微有些发颤的声音能想象出他神情的不自然。我马上很配合地答应了,作为一个妈妈,我很希望自己能和孩子一直保留着心灵的沟通!"你也是老师,是不是你也不允许男生'爱'女生,女生'爱'男生?"

他先发问来试探我的态度。我知道,我的回答将决定着我们的谈话是否继续,我该如何回答呢?

"我想,我得先弄清是怎样的'爱',才能决定允许不允许。"我紧接着就提了一句,"妈妈上小学三年级时就'爱'过一个男生,你现在都五年级了,比你现在还早呢。"

"真的?"他显得很惊讶,"那你给我说说。"

"那时,我班有个叫王智的男生,字写得特别漂亮,老师每次发作业本时都表扬他。妈妈因为羡慕就特别特别'爱'那个男生,有几次早早到校就是为了偷偷翻一下他的作业本,希望自己也写出那么漂亮的字。后来呀,妈妈就特别努力地练字,字也就写得很漂亮了。上了四年级,妈妈又'爱'上另一个叫强的男生,作文写得特别棒,总被老师当范文读给我们听。于是,为了自己的名字能够和他的名字一并被老师表扬,就天天写日记来提高作文水平,进步特别快,所以现在才天天发表文章……"

儿子突然像明白了般打断了我的话:"妈,你'爱'的都是好学生,你向他们学习自己也就变得更好了,是不是?"

"当然了,难道我儿子'爱'的女生不是优秀的吗?"我反问道。

他开始给我讲了起来,说他其实也和我一样,"爱"的女生也在不停地变。上二年级时,他觉得张迪好聪明好聪明,能那么快地背完课文,他就"爱"张迪;上三年级时,又觉得党菲在班里做什么事都特别利索,比所有女生都快得多,又"爱"上党菲……现在,他觉得田颖英语竟然读得那么好,真的很羡慕很羡慕,就又"爱"上田颖。

"笃行,你再体会一下,其实咱俩现在说的'爱'并不是大人间的'爱情',是什么?"我继续引导他。

"是……是好感,对吗?"他想了一会儿回答说。

我摸了一下他的头:"回答正确!再想一下,'爱'除了等于'好感'外,还可以用哪个词语?"

他想了一会儿:"我知道了,'爱'就是'喜欢',对吧,妈妈?"

"非常正确,儿子!其实妈妈过去的'爱'和你现在的'爱'都一样,就是因为那个同学表现得很出色而产生了'喜欢'。好学生大家都喜欢,这是很正常的事情。"

"那……那老师怎么不允许……"儿子又提出了自己的问题。

"我想,那可能是因为你们和老师都弄错了一个词的意思。"我进一步解释道,"只是'好感'和'喜欢',你们却都说成'爱',也理解成

'爱'，老师当然就不允许了。"

"哦，我明白了。"小家伙若有所思地点着头。

"真聪明，乖儿子。"我拍了他一下，笑了。

感谢儿子，给了我一次走进他心灵的机会，让一个妈妈在教育孩子中少了一些遗憾。

搬掉心中的巨石

○张亚凌

下午,你们的社会实践作业是:不带钱走出家门做自己能做的事情,看能挣多少钱。布置这样的作业,其目的是让你们感受一下大人赚钱养家的辛苦,从而尊重他们的劳动。

"妈,你在家庭作业本上给我把字一签算了。连本钱都不让带,我又没挣过一分钱,所以我根本就不可能挣到钱。我真的不行!"任你皱着眉头嘟哝着,我还是将你推出了家门。

八点多钟,你才推门进来,灰头土脸的,手里还拎了个塑料袋,边洗脸边喊:"妈,我挣了一块一毛五分钱!没带一分钱本钱,我自己挣的!看你儿子,咋样?"嘴里吐出的每一个字都那么骄傲地张扬着。

你得意地告诉妈妈:"我想,我还是班长,即使别的同学作弊从家长那里要钱说自己挣的,我也不能那样做。开始,我从东大街转到南大街,都没找到挣钱的门路。后来,看到别人捡破烂,我就想、就想……"

你突然很认真地问妈妈:"捡破烂不丢人吧?"

捡破烂是保护资源防止浪费,很好的行为。妈妈的解释让你释然一笑。你继续给妈妈讲你出门后的情况——

"开始,我也怕人笑话,怕碰到我班同学,就把衣领竖起遮住我的脸。不过，我又想，捡破烂是回收资源，符合我们老师说的'不污染、不破坏、不妨碍、不伤害'的要求，也就无所谓了。捡得太晚，没有大的收获，一个五分，二十三个饮料瓶，只挣了一块一毛五。哎呀呀，一块一毛五，真正的'血汗钱'，没有血只有汗。"你还象征性地吻了一下那几张皱巴巴的毛票，夸张地装进贴身的衣兜里。你又继续说道："妈，挣钱和花钱的感觉还就是不一样！"

我能理解你的心情，儿子。今天，妈妈就和你聊聊"困难"这个话题吧。

在社会实践作业刚摆到你面前时，"我根本就不可能挣到钱"，这，就是你当时的回答，我们一起来分析分析你的回答。

"我没挣过一分钱"是你退缩想放弃的前提，"我根本就不可能挣到钱"是在这一前提下产生的不良心理预测，那个前提那种心理就"丰富了"你的想象，"我真的不行"是你在想象中得出的结论。

因为没有经历过你便在想象中把事情夸张成不可逾越的高山，便不愿去尝试！

经常喜欢看名人传记的你很崇拜林肯，今天，妈妈就给说说林肯小时候经历的一件事——

在林肯小的时候，他的父亲以较低的价格买下了一处农场，之所以价格较低，是因为地上有很多石头。他母亲建议把石头搬走，但他父亲却说："如果这些石头可以搬走的话，那原来的农场主早就搬走了，也就不会把地卖给我们了。这些石头都是一座座小山头，与大山连着，哪里搬得完呢？"

有一天，当他父亲进城买马时，母亲带着他们挖那一块块石头。没用多长时间，他们就把石头搬光了。因为这些石头并不像父亲想象的那样，是一座座小山头，而是一块块孤零零的石块。只要往下挖一英尺，就可以把它们晃动的。

这件事，对林肯的触动特别深，他说："有些事人们之所以不去做，只是他们认为不可能。而许多不可能，只存在于人们的想象之中。"

不仅仅是林肯的感觉如此，其实每个人都会犯那样的错误——人为地把事情想象得太困难太复杂从而失去了做事情的勇气！

曾经有人做过这样一个实验——

湍急的河流上有座桥，不过桥中间横着块棱角锋利的巨石，那巨石占去了所有桥面。身体健硕力大无比的壮汉、经验丰富的长者和一个小孩子，他们奉命以最快的速度到达河对面并且返回。前两个人走近巨石，看了好一会儿，摇头而去，以各自最快的速度前往十里外的渡口。后来的小孩，他迟疑了一下，俯身弯腰，双手搬在巨石上的裂缝间，一使劲，巨石竟然被推入河里，那巨石仅仅是轻巧的模型而已！

力气小没经验的小孩在较量中获胜！

也许在你看来这是个可笑的实验，可是我的孩子，可笑的其实是他的习惯思维，在想象中无限制地夸大了困难导致望而却步！

孩子，有想法并着手去尝试，人生才可能峰回路转。我们每个人一定不能看扁自己，膨胀困难！我经常给你说，磨难是笔财富，这话并不完全正确，只有你战胜了磨难，在与磨难的较量中坚强了你从而成就了你，它们才会变成财富，否则，磨难也只是磨难！

孩子，你喜欢学习英语，不知你注意到没有，在英语里，"impossible"（不可能），加上小小一撇，就成了"I'm possible"（我是可能的）。是不是也在提醒我们，在人生的字典里根本没有"不可能"，只要努力"一点"，一切都可以改变？

搬掉你心中的巨石，就是搬掉潜伏在你心中的"不可能"！妈妈相信，经过这件事，以后的你一定可以做得更好！

里 程 碑

○戴希

化学老师鲁藜是古渡中学高一年级四班的班主任。

四班新生入学不久,还未教学生们做化学实验,鲁老师就先拿他们做实验品,做了一个古怪的实验。

鲁老师把该班五十四名学生平均分为三组,每组十八人。第一组安排数学老师匡满带队,学生何叶任组长;第二组指定语文老师席君秋带队,学生林立升任组长;第三组则由他自己带队,学生吕布布任组长。按照预先制订的计划,三组学生同时从古渡中学出发,徒步去三个不同的村庄。

第一组出发时,匡老师只叮嘱学生们跟他走,至于去哪儿、有多远都别问。当然,问了也无可奉告。他说到了就到了。

第二组动身前,席老师先告诉学生们,他们要去的地方是通什村,距离古渡中学十公里。

第三组要走的路程也是十公里,他们的目的地是哈尔盖村。一上路,鲁老师就向学生们讲明了情况。只是,第三组所走的道路,每隔一公里,路旁都竖有一块醒目的里程碑;第二组则不然,路上一块里程碑也没有。

返回学校,进入教室,在座位上一一坐好,学生们都用怪怪的眼光打量鲁老师。鲁老师却满脸微笑地站在讲台前,双手扶着讲台,神秘兮兮地询问各组的实验情况。

跟着匡老师,才走约两公里,我们这组就有人叫苦叫累;走到近五公里,不少同学已疲惫不堪;再往前走,多数同学都牢骚满腹、神情沮丧,个别同学怒气冲冲,有的干脆蹲在路边等候。当匡老师终于说目的地南曲村到了时,跟在他身后的学生只有六人! 这时,匡老师连连摇头,他告诉我们:从南曲村到学校的距离是十公里呢! 第一组组长何叶气喘吁吁地说。

那——为什么会这样? 鲁老师关切地问。

因为目的地不明,又不知道有多远的路程,大家感觉都很茫然。一茫然,消极悲观的情绪随之上涌,消极悲观的情绪一上涌,要到达目的地自然就很难。何叶深思熟虑后回答。

说得在理呀! 鲁老师直点头。

那么第二组的情况呢? 他把目光投向林立升。

我们这组嘛,林立升眨了眨眼,情况可比第一组要好! 走了大致五公里,才有人叫苦叫累;走到七公里多时,不少同学才表现疲倦;再往前走,我们还能咬紧牙关,艰难迈步。等席老师往目的地方向指了指,高喊:快到了! 快到了! 同学们才昂首挺胸、精神抖擞。好在我们这组没人当逃兵,全部到达了目的地!

为什么没人当逃兵? 鲁老师有意追问。

因为目的地很明确,行程也十分清楚。总的说来,大家心里有个底。林立升脱口而出。

既然如此,同学们为什么还会感觉劳累、疲惫? 鲁老师再问。

因为只是走呵走,走了多远? 还有多久? 路上没有标志,心中没有底数,所以仍会不时有茫然之感! 林立升摸摸后脑勺。

鲁老师首肯。

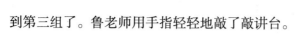

到第三组了。鲁老师用手指轻轻地敲了敲讲台。

很简单,我们这组沿途有说有笑、精神焕发。大家几乎是身轻如燕、健步似飞地赶到了目的地。吕布布满脸的阳光灿烂。

鲁老师眼睛一亮:为什么会这样?

因为我们对目的地和总行程早已了然于胸。路上还不断地出现里程碑。每走一段路,看到一块里程碑,大家便知道离目的地又近了一公里,心里就又多了一份成就感,精神当然也为之一振!吕布布说得眉飞色舞。

鲁老师也听得频频颔首。

这时,终于有学生憋不住了,站起来高声而不解地问:鲁老师,你为什么要做这么个实验?

问得好!鲁老师扬扬手,示意那个同学落座,又意味深长地看看全班学生:同学们,你们不是反复、多次地问我,这高中三年究竟怎么过吗?现在,我已把答案告诉了你们。仔细想想吧!

同学们茅塞顿开、恍然大悟,一个个地笑了。

从此,四班的学生比该校同年级其他班的学生都有锐气。

三年后的高考,他们也比该校同年级的其他班考得更好。

很多年过去了,忆起那次特殊的实验,同学们仍然历历在目、心潮澎湃。他们知道,鲁老师总在路上。路上,总有耀眼的里程碑!

没有鳔的鱼

○江岸

王雷是这个学院有史以来最年轻的系主任。

按说,王雷已经功成名就,可以坐享其成了,但是王雷一如既往地工作着,仿佛一只辛勤的工蜂。王雷脚踏实地、雷厉风行的工作作风让所有人感动。系里许多老师学历比王雷高,有的还比王雷来得早,但对王雷都挺尊重。

又一届毕业生即将离校,学院领导想让王雷现身说法,做一场报告,指导学生就业。王雷答应了。王雷邀请我去听他的报告,我欣然前往。王雷在礼堂门口等我,看见我来了,赶紧跑过来,握住我的手,向我问好。

我问王雷,准备好了吗?

王雷笑了笑,一副胸有成竹的样子。

我放心了,和王雷一起步入礼堂。我找个位置坐下,目送王雷走上讲台。

王雷的目光在整个礼堂环顾一遍,开始演讲:

各位同学:

大家好!

我想,此时此刻,你们的心情正和我八年前的这个季节一模

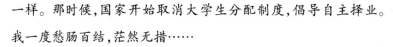

一样。那时候,国家开始取消大学生分配制度,倡导自主择业。我一度愁肠百结,茫然无措……

就在这时,我的一位老师给我讲了一个故事。这个故事对我启发很大。今天,我很想把这个故事讲给在座的各位同学听。

我的老师告诉我,在浩瀚的海洋里,生存着数以万计的鱼类。这些鱼大都有鱼鳔,可以自由沉浮。但是,有一种鱼,它们没有鱼鳔,行动极为不便,很容易沉入海底。为了生存,它们只有不停地运动。许多年以后,这种鱼拥有了强健的体魄,成为当今海洋的霸主。它们就是海洋中最凶猛的鱼——鲨鱼。

我的老师谆谆告诫我,你现在就是一尾没有鱼鳔的鱼。但是,能不能成为一条在海洋里自由驰骋的鲨鱼,要看你自己的努力。

我讲的故事大家可能都听说过。开始的时候,我是咱们学院电教馆的临时工,但是我没有气馁,我一直以鲨鱼为榜样,奋力拼搏着。其实,我的成功确实微不足道。还有一个人,他应该是第一个以鲨鱼为榜样的人,后来,他的事业取得了令人瞩目的成就。

他是一个美国人。当他还是穷小子的时候,写信求助于当时的银行家罗斯,希望获得资助,以便读书,然后找工作。罗斯先生回了一封信,讲述了一个故事——就是我的老师讲给我听的关于鲨鱼的那个故事。从那以后,这个小伙子不再好高骛远,开始从事最不起眼的工作,一步步将事业发展壮大——他就是石油大王哈特。后来,他娶了罗斯先生的女儿。

我希望你们都能以鲨鱼为榜样,干出一番属于自己的事业。我的老师就坐在你们中间。现在,请老师站起来,我要当众向老师致谢。希望在以后的某一天,当你们取得成功的时候,我也能接受你们诚挚的谢意。

我缓缓站起来,向大家招手。我看见同学们年轻的面孔,仿佛饱满的向日葵,对着我灿烂开放。我看见王雷弯下高大的身躯,冲着我深深地鞠了一躬。

如雷的掌声响起来,我的泪水不由自主地夺眶而出,视线模糊了。

生 瓜 蛋

○谢志强

我发现托儿所后面的院子地上爬着藤蔓,起先,开着淡黄色的小花儿,小花儿不见了,结出核桃大的东西,上面长着茸毛。

我把这个秘密告诉了同伴。他们已经知道了,知道了好几年。说那是哈密瓜。他们还用手比画着,一个逐渐大起来的椭圆形,又说等到长大就能吃。好像瓜模仿着那个样子长。

我第一次知道那就是哈密瓜,我还以为我发现了一个新奇的东西。我去摸那茸毛,很娇气,摸着摸着,就把茸毛摸掉了,好像出壳的小鸟褪去了茸毛。

托儿所的阿姨来阻止我,还告诉我,抹掉了茸毛,瓜蛋子就长不大了。我做了一件不好的事。

我不信。我好奇地去看望小瓜蛋子,一天又一天,别的瓜蛋子都长得拳头那么大了,可它还是核桃那么大。我摸掉了它的茸毛,它就停止生长了,似乎我发现了它的秘密,它就不肯按着我的心愿往大里长。

过了几天,我看见它起皱了。它死了。它干瘪地缩起来。而那么多的瓜蛋,在太阳地里,碧绿的皮,又圆又亮,瓜叶遮着,像是躲避着我。

院子后面的瓜地，像车斗，三面围着密密匝匝的沙枣枝，枝上生满了尖尖的刺。院子旁边有个木栅栏门，上了锁。我就再不能去看瓜了。

在大人们的眼里，我应该是长得可爱的那种。妈妈送我上托儿所，其他小朋友的爸爸妈妈，忍不住会抚我的头。我的头发，又黑又粗，小朋友的爸爸妈妈抚我的头，好像我是一个长大了的哈密瓜。

我妈干涉了，说：别摸小孩的脑袋。

大人说：你这儿子长得真好玩，真可爱。

我喜欢大人摸我的脑袋，摸过了，还会给我杏干，或者葡萄干，大沙枣。我知道农场的其他时间会长熟许多东西，我还没见过。进了托儿所的院子，我们就不能随便走动了。大人收工的时候，才能放我们回去。连队不大，我已认得回家的路。

我妈不叫大人摸我的脑袋，我想，我妈怕我长不大吧。我摸过小瓜蛋子的茸毛，小瓜蛋子的茸毛就是它的头发，我想，我摸掉了小瓜蛋子的头发，小瓜蛋子没了头发就长不大了，大人摸了我的头发，我就停住了生长。我想，我的头发幸亏没被大人摸掉。我发现，托儿所的小朋友都在使劲儿地长。我发现，小朋友里，我的个子最矮。

我开始担心我僵掉了，因为那么多双手摸过我的脑袋。于是我就吃，吃完一碗我说我还要。我还老是说我渴了。我长胖了。

后来，我闻到了哈密瓜的香味。窗子后边，一个一个哈密瓜躺在泛黄的秧叶里，已经掩蔽不住了，像我睡觉蹬掉了被子。

一天（我知道秋天有很多东西可以吃了），午睡后，桌子上面摆了几个哈密瓜。我们都像听到召唤一样，跳下床。阿姨切瓜的时候，我听到刀刃还没到达，那瓜已经脆响着裂开，露出水红水红的瓤子。一牙一牙的瓜，切得像弯月，像小船。已经是回家的时间，我忘了阿姨的叮嘱，要我们带回家。我一出院子，就选了个土坯屋的拐角，等到剩下一堆瓜皮，我忽然记不起哈密瓜到底是什么滋味了。我懊悔我吃得快，好像有人跟我争抢。

瓜汁在我的嘴唇两边留下了痕迹，发黏。我没事一样回到家。

妈妈看着我，好像我突然长高了。她问：托儿所分瓜了吧？

我舔舔嘴唇，终于说：一人一牙。

妈妈说：瓜呢？

瓜已在我的肚里，我不吭声。

妈妈说：你就不让爸爸妈妈尝尝？

我舔舔嘴唇。

妈妈说：你一个人吃得下？

我说：就一牙。

爸爸说：你这个生瓜蛋。

妈妈说：我们不是一定要尝那牙瓜。

后来，我常常想，我不愿按照爸爸妈妈的期望长，我停止了长大，爸爸妈妈一定要着急，就不会在意我吃掉了那一牙哈密瓜了。可是我长大了，上完了小学、初中、高中。妈妈几次提起过那牙哈密瓜的事儿。好像我身体里还有一个我长不动了，没跟上来，渐渐地，我知道什么叫生瓜蛋。那是农场流行的一句贬损人的话。

你必须做出选择

○奚同发

　　音乐学院的最后一次考试，他整装而坐。同学们的琴声从耳边飘过，那一刻，他眼里噙满泪水。算算从五岁练琴至今近二十年，他从来没有真正喜欢过拉琴。连他自己都想不明白，一个人竟然可以做一件自己不喜欢的事情这么久。

　　上了音乐学院，他仍然是那种很听话的学生。老师一再对他说，你的技术真不错，可小提琴是门艺术，仅仅靠技术是不够的。

　　他知道，主要是没感情。虽然与一把琴相伴了这么多年，但他对琴真的缺乏感情。儿时练琴，是在父亲一次次强迫下开始的，迄今为止，都弄不明白为什么父母非要逼着他拉琴。甚至，父亲上班后，还专门用摄像机对着他，看他是否在练琴。

　　多年来，练琴似乎成了他与父亲之间的一次次智力较量。他从来没有办法战胜父亲，比如说，为什么家里父亲在时就有电、父亲外出就没了电，直到考上音乐学院附小他才弄清楚，是父亲把门外的电闸关了。想借父亲不在家时看电视或打游戏，根本不可能实现。那时候，他每天除了上学，几乎所有的时间都练了那该死的琴，就连做梦都是如此。

　　也曾上台演出，也参加过全国比赛，也获得过掌声和鲜花，但这一切并不能让他因为小提琴而快乐起来。一旦拉琴，就有一种从心底浸漫过来的忧郁，让他无法进入真正的音乐世界。老师多次提示他，如果能够把这种感觉融入拉琴，一定会有不凡的表现。但是他所有的情感只能存在于拉琴前后，一旦握琴在手，弓弦相遇，就成了赶乐谱，一段接一段，直到把它们拉完。起初见到他的教授们，一个个都对他充满信心，这么小的年龄就有这么好的技术，完全可以调整过来。一直到他从附中考入音乐学院，大家才失望地说：可惜了，可惜了。没有人能改变他。他成了学院众所周知的"另类"。不过，大家都在关注他，人们实在想看看，他到底会变成个什么样子……

终于站在老师们面前，这是他在音乐学院的最后一次拉琴，毕业考试的最后一项——自选曲目。当老师用目光表示他可以开始后，他的弓子一反常态地先是在琴弦上一碰，发出了很响的一震。继而，徐徐进入，不久已是琴声四溢，灌满了音乐室的角角落落。他从来没有这样放松地拉过琴，时而飞扬如瀑，时而沉滞如泣，揉弦、双音、拨奏，悦耳、辉煌、明亮、阴柔、泪水、奔跑，他完全进入了另一个世界。春光明媚鸟语花香，暴雨狂风无奈无助，大开大合往来飞梭。他的琴声，述说着一个琴童哀求抗争、淋漓尽致的酸甜苦辣和喜怒哀乐……

没有什么名曲，也没有用现成的曲目，他拉的是自己的曲子，拉的是自己多年来不愿学琴的历程。起初他只想着随便拉一拉，毕竟是最后一次学校考试——他经历了多少次考试啊，没想到，他拉得停不下来，拉得那样忘情，泪飞如雨，就连在座的同学和老师也为之动容。

直到最后一刻，他的右臂发麻，弓子脱手而出，琴弦上定格的是铿锵有力的一个回响——"咚"……

音乐室内一片寂静。继而，掌声如潮。学院最有身份的老教授鼓着掌站起来，身后立刻有两名学生扶住教授，三人一起慢慢走向他。

拉得太好了！这才是小提琴艺术。孩子，你是这批毕业生中最优秀的一位。老教授这样说时,脸上写满了兴奋和喜悦。

见他无语,教授身边的同学提醒道:这就是说,你的毕业成绩是全校最优秀的,你可以毕业了。

他的脸涨得通红,嘴张了半天说不出话。全场的掌声终于停下来,安静得可以听到一些人的呼吸声。

泪再一次流下来,牙咬着下唇哆嗦着,他突然双臂向空中一扬,身体像展翅飞翔的大鹏,声嘶力竭地喊了一声:我终于……可以不拉琴了……

那声音拖得很长,在音乐室内不断地回响……

我 的 舞 台

○刘玲

对于舞台的胆怯,缘于小学三年级数学老师的那个轻蔑的眼神。

那时候,每年的六一,班里都会排演节目。与我的经历有关的,是七零后都熟知的一段藏族舞蹈——《洁白的哈达》。当时,我没被老师挑出来跳舞,她们放学排练时,我在一旁等我的一个小姐妹。我觉得这帮小孩儿挺笨的,她们排得很艰难,藏族舞蹈的韵味被她们蹦跶得支离破碎。

一天,一个排练的女生请假,负责排舞蹈的数学老师把我拽到队列里,让我充数。我记得她拉我的时候很粗暴,大概是那几个孩子跳得不尽如人意,对我撒了一下气,她根本没奢望我有动作,在位置上站成木桩就行了。

但是音乐一起,我的四肢就如注入了音符,开始忘我地舞动,我设想着自己身着多彩的藏袍,在美丽的雪山之巅,轻舞洁白的哈达——这是我人生中的第一次舞蹈,我自如地收放虚拟的水袖,感觉很美。

当时在场的,还有邻班的老师。音乐一停,她惊喜地跑到我跟前,两手亲热地捧着我的脸说,哎呀,真好真好,跳得真好。又转向我的老师说,让这个小女孩跳,让她跳。

我的老师对她挤了挤眼睛,示意她,这个提议不妥,同时轻蔑地扫了我一眼。这个眼神如梦魇般,从此与我紧紧相随。

绚烂的舞台,优美的旋律,舞动的肢体,自此成了我不能逾越的心魔。我从老师的眼神里读懂了,我,是一只丑小鸭,跳得再好,也上不了舞台。

中学的六年,舞台,仍然是我不敢奢求的神秘界域。我给同学编舞蹈,给小合唱设计声部,给主持人串词,但是,我只愿意在幕后,心里带着隐痛,默默地,做着这些工作。

直到读大学,我才知道,原来,我是可以美丽的。大学校园很宽容,大学校园崇尚智慧,神秘多彩的舞台,时刻等待热爱生活的女孩涉足。简·爱,爱斯梅哈达,繁漪……这些,都是美丽的女人,我们任何一个人都可以去演绎她们。老师和亲爱的同学们根本不理会我的拒绝,更看不见我心里的魔障,在他们的眼里,我就是最合适的,我,就是美丽的。一次次的突破,终于剥离了蜗居在心中的魔鬼,为此,我畅快地痛哭了一次。

我并不向往舞台的繁华,如今,平淡与匆忙交错间,更让我懂得,生活的舞台才是最真实的舞台。

只是,我还会经常想起那个因一个眼神惊悸多年的可怜的孩子,痛苦的经历,忘掉最好。如今,我还常常恍惚,怎么会,当年那个怯懦的孩子就是我?

十七岁的远行

○刘玲

十七岁那年，我经历了人生的第一次远行，那是一次跨省的行动。妈妈拗不过我，含泪在我的内衣里缝了个小口袋，装进两百块钱，就放我走了。

那年的春天，两百元足够成就我的梦想。

我的同桌是一个农村女孩儿，喜欢音乐，现在想来，也就是会唱几首歌，还不及我，认识五线谱。当时我们面临高考，她在一张报纸上看到齐鲁音乐学院面向全国招收第一届学生的简章，这个学校的名字就被我们在自习课上反复讨论，最后，我们简单准备了一下，就动身了。

半夜的时候，我们先到达了她叔叔家所在的城市，要先住下来，第二天早起赶去往菏泽的火车。她叔叔家是出了火车站，一直往北，两个女孩子踏着这个城市陌生的灯晕寻找着今晚栖息的地方，很顺利就找到了那棵高过楼顶的大杨树。因为当时通讯还很落后，没有事先通报，同学的叔叔婶婶以为我们离家出走，审了半天，才心疼地安排我们睡觉。

我躺在陌生的床上，望着路灯漫到室内的光晕，很久才睡着。

后来，我的大学就是在这个城市里读，读书的时候，不止一个星期天，我站在火车站出口，心里默念着"出了火车站，一直往北"，试图再一次走走当年那条短短的路，却是再没找到，当年的经历真像一场梦。

去菏泽的票是叔叔买的，千叮咛万嘱咐，火车开动了，他还在站台上望着。

两颗出行的心已经完全被新奇、兴奋和略带探险的情绪涨满。

当时火车还没有提速，好像过了很久才到了菏泽，看看表，下午四点，按照简章上的地址，我们一下就找到了学校。

现在的齐鲁音乐学院已经有名气了，但当年我一脚踏进的时候，感觉整个身子陷进了泥地里，到处都在施工，坑坑洼洼的地面堆放着各种建筑材料，每一幢楼都裸露着钢管架，工人们喊着号子，怎么看九月份也变不成简章上说的那样——"这将是一座美丽的艺术殿堂"。

有人带我们去报名，被告之排到第二天面试，我们就领了被褥到宿舍休息。在宿舍里碰到一个从广西来的土家族小姑娘，当时我傻傻地用普通话问道：你是土家族的？盯着人家的脸不放，直看到人家下楼面试。

我们俩就躺在床上聊天，聊到不知道家里人担不担心，同桌说她上初中就住校了，家里已经习惯了。我说我可不行，老妈不知道要怎么的咽不下饭呢。

不到半小时的工夫，土家族小姑娘就上来了，说已经考过了，如果文化课过关，就会有通知书。我们听着像做梦，问考了什么，她说她只唱了一首土家族的歌曲，就这么顺利，边说边收拾东西准备赶火车走。

我们晚上也有一趟回去的火车，我当即决定，咱们不住了，现在就要考，考完就走。于是，我找到招生办公室，说明情况，被允许插号考。

我到宿舍通报给同桌，准备考吧。这时候她竟然从背包里拿出了一盒眼花缭乱的化妆品，在当时就很劣质的那种，我夸她想得周全。两个人开始就坐在简易宿舍的床板上描画，眉毛是帮对方画的，口红也涂到外边去了吧。完了，就风风火火去考。

我进去的时候，看到几位主考官一溜排开，类似于现在的海选。一位女老师问我：你表演什么？我愣了一下：啊，唱歌。于是唱了一首齐豫的《橄榄树》，唱到结尾"流浪远方，流浪，流浪……"弱下去的时候，我的眼穿过主考官的肩膀，动情地注视着窗外很久，余光能看到他们互相点头示意，大概是不错的意思吧。

又让我念五线谱，我就轻车熟路了，又问我会什么乐器，带了什么乐器来，我愣了一下，说，家在农村，没接触过乐器，目前还不会。

被主考官微笑着用亲切的眼神送了出来。

考上考不上都是要走的，我们退被褥时，被工作人员找到了，叫着我的名字，说我被录取了，高考后把文化课成绩盖上当地招生办的章寄过来，参考以后就给发通知书，我想了想留了爸爸的地址。

同学没考上，情绪低落，我为了安慰她，说我也不会来，这么容易就考上了，学校还这么烂，什么时候才能有个样，我是坚决不来的。

回家的路上，关于考试，在心里的感觉已经很淡了，一路兴奋地猜测我们平安回家会给家里人带来多大的震撼，看以后还放不放我们的手脚。

高考后一个下着雨的晚上，我的通知书被爸爸的同事送到了家里，带着湿湿的雨的潮气和被大家传来传去的温度，送信的叔叔说，看人家老刘家闺女。

我最终没有去这个学校，传统的父母不同意我把唱唱跳跳作为一种职业来从事；而从我的内心也觉得这种与浮华相关的职业我无法驾驭；也因为自己确实不漂亮，拥有不自信的心态在哪个领域都不会扎稳自己；也因为当年的我曾那么坚决地对我的同桌许诺，我不会去……

这件事留给我的记忆主题不是我曾经考取过哪个学校，而是我十七岁的时候为了梦想经历了人生的第一次远行。

一起走过的日子

○刘玲

那年我十六岁，在一次逃课时我看到了刘德华，那是一张一寸的黑白图片，他微侧着脸，静静地待在报纸的一角。"酷"在当时还是个冷词，但现在想来他给我的就是这种感觉。

我躺在操场的一张长椅上，对着天空举着那张残报遮挡阳光，于是，穿过这稀薄的一米阳光，他，走进了我心里。

后来，我知道了他是谁，再后来，知道铺天盖地的女孩子为他疯狂。

从一开始，我的喜欢就是默默的，我从来不刻意收集他的图片，没有看过他的电影，也没听过他的歌，我甚至遗失了那张破旧的报纸。

我的学业从一上高中就开始荒疏，但与生俱来的好强又让我不甘沉沦，那些日子，心总是灰灰的。一次晚自习后，我淋着细雨回家，轻轻地踩踏着路灯下泛着亮光的雨水，路上行人很少。就是那个雨夜，我听到了《来生缘》。如泣如诉的旋律从一家音像店传出，穿过雨帘，感伤蔓延到我的心里。他的音质低沉而压抑，忧伤的雨帘里那种无奈与痛楚突然就如利剑穿心，我第一次因为一首歌流下了眼泪，并且就在当时，我突然万分渴望自己能经历一场肝肠寸断的爱情。

第二天我买到了这盘带子。刘德华随意地穿着一件夹克，微转着

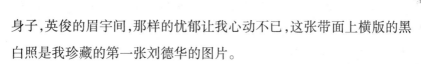

身子,英俊的眉宇间,那样的忧郁让我心动不已,这张带面上横版的黑白照是我珍藏的第一张刘德华的图片。

那是一个偶像泛滥的年代,到处充斥着女孩子为心中的偶像尖叫呐喊的声音,她们四处宣扬着"崇拜""偶像"这些词,彰显着自己因为拥有偶像而自豪的青春,但我只想默默地沉静如水般地关注他,拥有他。

连我最好的朋友都不知道,我每晚临睡前都要反复听那首《来生缘》。我固执地认为,我会在长大的日子里,经历一场只待来生牵手的缘分。当时,我并没有经历注定今生无法继续的情感,甚至没有恋爱,我是在懵懂的青春时节,提前为这份爱情感伤。

直至今日我都认为,对于刘德华的喜爱我是盲目的,完全缘于他刚毅的外表和眉间的忧郁,但我至今都无法释怀我毫无根据的想象:这是一个负责任的好男人。

直至今日我都认为,对于刘德华的喜爱我是理智的,我甚至没有跟任何人眉飞色舞地谈起过他,在嚣张的场合,用张扬的口气谈论,我认为是对我喜欢他的一种亵渎。

唯一的一次疯狂令我记忆至今。高二的时候,同学们一起去看《天若有情》,看海报才知道是刘德华的片子。当他为了义气和爱情横卧街头,女主角穿着婚纱在《追梦人》的旋律中狂奔时,我认定真正的爱情就是这样的,认定爱情是没有任何世俗掺杂的纯粹内心的一种感受。也许就是他给我的这种感觉,注定了让我在后来选择婚姻时,不谈情感之外的任何庸常之事。

第二天,我带着我的好朋友满世界寻找这部片子下一站在哪里播放,至今我仍能清晰地回忆起骄阳下我们踏车追随这部影片的执着。电影最终没能再看到,但与我接触的人都知道了有这么一部片子,有这么一部这样情节的片子——我不厌其烦地讲给每个人……

美好的青春也包括暗恋和失恋,我们无论经历了什么都欢快地簇拥着青春往前走。高中时代就要过去的时候,生活中突然出现了一些追我的男孩,在我看来,他们都是那样唐突与青涩。一个喜欢我的男孩在毕业典礼后,送给我近百张刘德华的挂画,他说他走遍了城里所有的店,甚至乡下的集市。我不禁失笑,原来他知道……

这些画我很珍惜,并不是因为画里有刘德华,而是因为这是一份关于青春的记忆。

走进大学后,我触摸到了爱情,亮子是一个与刘德华各方面都迥异的男孩,但我很投入。他外表平凡,但有儒雅的气质,他一首歌也不会唱,但他博古通今,他不会制造浪漫,但他实在而有安全感。我们走得很沉静。临到毕业,他才知道,在他眼里我这样有内涵的女孩子也是追星的。我对他谈起刘德华,悠远地像在谈自己的一个亲人,亲切得仿佛刚才他就在我身边。亮子听着,用经常翻阅线装书的手抚摸了我的长发——那是我们交往两年最亲密的一次接触,心灵也是,我们惺惺相惜地追忆了一次流逝的岁月里那些宝贵的东西。

就像我十六岁时希望的,但又在相爱中无法舍弃的,最终这段感情我们没能再牵手,毕业后我们各自回到了自己的家乡。这时已经有了碟片,但我仍然固执地翻出那盘带子,拂去尘土,就像打开了尘封的记忆——我用破旧的录音机像多年前那样反复倾听。

那时候,刘德华还有一首与《来生缘》相同旋律的粤语歌曲《一起走过的日子》,在 MV 里,他拉着一把很旧的二胡,悲怆的音乐让我经常回忆起我和亮子一起在旧书摊上寻觅旧书的情景。

高中同学送的那些画在搬家时被妈妈遗失了。我没有埋怨,我不看重表面的东西。"刘德华"是一个虚无的人,一个我想象中的长着刘德华样子的虚无的人。

如今的我,是淡化偶像的年龄,走出婚姻独自带着女儿的日子,更

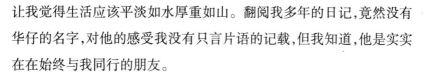

让我觉得生活应该平淡如水厚重如山。翻阅我多年的日记，竟然没有华仔的名字，对他的感受我没有只言片语的记载，但我知道，他是实实在在始终与我同行的朋友。

在这个寂静的夜晚，当我坐在电脑前又一次听泣诉般的《来生缘》，突然好想一个人看看他，于是我在百度里搜索他的图片，在初夏的习习凉风里，在用心追忆往事的氛围里，看着他从青年走到了中年。

我轻按"打印"，他从屏幕里飘落到我身边。我不停地按，他一次次从打印机里跳跃出来，从年轻到不年轻，从不年轻再到如今的中年——最后定格：他穿中山装，很有人情味的招牌笑，微微侧身，双手插在裤袋里，留着青楂胡子，因为微笑眼角涌起了几道皱纹……

我的眼睛突然湿润了……

打印机停止的声音撞击我的耳膜，犹如十六年前的那缕阳光穿透我的心，我很怀念十六年前的那个我一个人的课堂，他在旧报纸的一角静静地凝望我。

这一望，穿越时空十六年……

那时青春年少

○朱耀华

当我和天冬看到"黑狐狸乐队"露天演出的消息时,我们的那份激动是无法掩饰的。想想,"黑狐狸乐队",这个名字就让我们每一个细胞充满了青春的躁动。对那几个明星我们更是如数家珍,他们的一颦一笑一个喷嚏都让我们浮想联翩,装点着我们每一个快乐的日子。

但是,当天冬提出骑自行车去现场看演出的时候,我还是吓了一跳。你想啊,三百多里山路,弯弯拐拐,上坡下坡,骑自行车,那不是找罪受吗?

天冬最终说服了我。我们也分别说服了父母。准确地说,是我们的任性让父母无可奈何。我们说了很多理由,磨炼意志啊,增加见识啊,等等。谁谁谁都是这样,还周游全国呢,他可是人们崇拜的英雄。

父亲把他那辆心爱的自行车交给了我。临走前,他帮我把每一颗螺钉都仔细检查了一遍。在父母的反复叮嘱中,我和天冬揣着那张登着演出消息的报纸,带上准备让明星签名的日记本,骑着各自的自行车上路了。

一想到令人激动的现场,我和天冬就兴奋无比,把车骑得飞快。天冬是辆破自行车,一路上哗啦哗啦地响个不停。我们沿着柏油路,翻山越岭,偶尔,在别人的指引下还抄抄小路。累了,找个地方躺躺,

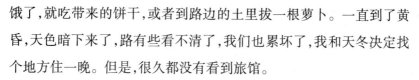

饿了，就吃带来的饼干，或者到路边的土里拔一根萝卜。一直到了黄昏，天色暗下来了，路有些看不清了，我们也累坏了，我和天冬决定找个地方住一晚。但是，很久都没有看到旅馆。

我们敲开了路边的一幢木屋，屋里有一对中年夫妇和一个七八岁的小女孩。我们说，阿姨，能让我们在这里住一晚吗？

阿姨问清了我们的情况，笑了。阿姨说，进来吧。阿姨给我们烧了一锅水，让我们洗脸，然后，往灶孔里塞了一把柴。一会儿，阿姨给我们各煮了满满一碗面条，每只碗下面还卧了两个煎鸡蛋。

叔叔说，慢慢吃，别烫着了。

女孩叫敏儿。我们惊讶地发现，屋里墙上除了敏儿的奖状以外，也张贴着"黑狐狸乐队"的明星照片。在屋角，还摆放着一台小电视机。

我问敏儿，喜不喜欢黑狐狸？敏儿点点头。敏儿央求我们，回来的时候给她带几张明星照片。我说，一定。

敏儿想了想，又用央求的口气说，我跟你们一起去，好不好？

不好。天冬说，你没有自行车。

敏儿说，我就坐你们的嘛。我又不重。

我告诉小女孩，我们都已经累坏了，没有力气带她。敏儿噘起了嘴。

那天晚上，阿姨给我们用稻草做床垫铺了床。伴着稻草的香味，我们很快就睡着了。第二天一早，我们起来，天居然下起了小雨。阿姨劝我们不要走，下雨天路滑，路上不安全。但我和天冬把带来的塑料雨衣披在身上，还是坚持出发了。

走出好远，小女孩还站在门口，她把手拢在嘴边，喊，别忘了，我的照片啊。

我向她挥挥手说，忘不了。

雨中道路泥泞，我和天冬都摔了好几跤。有一次，天冬坐在了泥水里，就那样坐着，我去拉他，好不容易才把他拉了起来。天冬扭脸问我，我们到底值不值啊？

我说，别泄气，再坚持一下，很快就到了。天冬说，他们会不会给我们签名？

我说，会的，一定会的。我们要告诉他们，我们是从螺县骑自行车来的，说不定会把他们感动哭哩。天冬的劲头又起来了，我们高唱着"黑狐狸乐队"那首著名的主打歌曲《我们是害虫，我们喜欢吃粮食》，继续前进。下午，我们终于到了。

我们找到了那个广场，但是，广场上并没有我们想象的那样热闹，也没有看到搭建的舞台。在广场边的一堵墙上，我们看到了那幅高高的"黑狐狸乐队"的演出海报，不过，在海报的下面，还有一张醒目的红纸，上面写着通告：

黑狐狸乐队的演出因故不能如期举办，具体演出时间另行通告。

黑狐狸乐队专场演出筹备办公室

×年×月×日

我和天冬怔住了。天冬一屁股坐在地上，哭了起来。我也哭了。那天晚上，我和天冬就歪在海报下面的石阶上睡着了。第二天一早，我们醒来，太阳已经出来了。天冬问我，你的自行车呢？

我环顾四周，没有我那辆自行车的影子。找了两圈，也没有。我又哭了起来。过了好一阵儿，天冬推推我说，算了，不要哭了，我们回去吧。

广场上有照相的，立等可取。我对天冬说，我们不能白来，我们照张相吧。敏儿还要照片哩。天冬说，可是，没有明星啊。我擦干眼泪，说，我们就是明星啊。天冬咧嘴一笑，点点头。我和天冬努力振作起精神，把天冬那辆沾满泥巴的自行车放在前面，做着 V 字手势，站在了海报下面。喀嚓一声，那个瞬间定格下来。饱饱地吃了一顿油条豆浆，然后，我说，回去吧。天冬也说，回去吧。

　　我们无限留恋地看了看那高大的海报，然后回家了。

套　梨

○相裕亭

　　那年秋天，县教育局把当年高考落榜而又有望来年"中举"的考生，汇集到当年升学率比较高的金山中学，办了一个复读班。

　　我有幸成为那个班的复读生。

　　稍有遗憾的是，我家离金山中学太远，二十多里山路，全凭两条腿一步一步地量。途中，还要蹚过两条河，翻过一道山岭。根据当时的情况，我不能每天都回家，只能每个星期天的下午回家背一趟煎饼，星期一一大早，再披星戴月返回学校读早自习。期间，六天半的时间，要在学校度过。而且顿顿饭都是吃煎饼就咸菜，喝学校免费供给的白开水。准确地说，每周的星期一、二，吃得要相对好一些，因为刚刚从家里来，母亲总要炒点熟菜给我带上，可到以后几天，就只能硬着头皮嚼干煎饼了。那种"拧头饼"，吃多了肠胃上火、口舌生疮，连吃几天，口中直泛酸水，让你一点食欲都没有了。

　　好在当时求学心切，谁也没去在乎吃的好坏。每顿饭，能填饱肚子就可以了。可那时间，我们刚好十七八岁，个个都是长身体的时候，整天吃不到蔬菜见不着荤腥，见到校园里的青树叶都想咬一口。

　　忽一日，大家发现与我们教室一墙之隔的果园里，梨长大了，便有人跃跃欲试——想偷梨。

可我们教室与果园相隔数米，尤其是中间还隔着一道高高的围墙，如何才能摘到梨呢？大家群策群力，很快有了主意。与我同桌的王家明把他的蚊帐竿拆下一根，前头用铁丝拧上一个圈儿，圈的底部用塑料布缠上一个小兜儿，偷梨的工具就大功告成了。中午，我和王家明，还有其他几个同学，趁老师午睡时，悄悄地推开教室的后窗，将前头带着圈套的竹竿，慢慢地伸向梨树丛中，专拣个儿大的梨套进套中，然后，左右一拧，或猛地往后一拽，一个大大的梨就被套下来了。

刚开始，我们按照参加套梨的人头数，每人一个梨，就草草收兵。可两三天过后，大家担心事情败露，不敢在一棵梨树上下套，甚至不敢多套，生怕看梨园的那个大爷看出破绽，找到学校来。所以，每回套下一只梨，哪怕套下个尚未熟透的梨，三五个同学围在一起，你咬一口，他咬一口，解解馋，也就罢了。

尽管如此，我们的套梨行为，还是被梨园里那个大爷发现了。

那天上午，班主任老师正给我们上数学课，教室的门突然被人重重地推开了。

刹那间，教室里所有人的目光，齐刷刷地汇集到门口那个看梨园的大爷身上。只见他头戴一顶黑色的破毡帽，腰间系着一根粗粗的草绳子，一步跨进我们教室，满脸怒色地指着后窗外的梨园，吼道："谁偷我的梨啦？嗯？"

教室里，顿时鸦雀无声。

难堪的沉默中，我和王家明，还有其他几个偷梨的同学都不敢与老人对视。我们谁也不敢在那一刻承认偷吃了老人的梨。我们低头不语，老人在教室门口乱骂一通之后，愤愤然地离去。

当天的数学课，改成了"政治课"，班主任老师说我们能在此复读，都是来年有希望的学生，将来都是国家的栋梁，怎么能随意去偷老乡的梨呢？等等。末了，班主任责成班长，让偷梨的同学自觉把以前所偷的梨子折成钱,给那个大爷送去。

当晚,我和王家明,还有其他几个偷梨的同学合计了一下,把身上为数不多的、准备买学习资料的钱凑给了班长,请班长替我们负荆请罪。

原认为事情就这样结束了。没料到,第二天上午,梨园里的那个大爷又来了。

这一次,他不是来训斥我们的,而是把满满一筐个儿大、皮儿黄、肚儿圆的大甜梨,往我们教室一放,说:"果子还没熟就被扭下来,多可惜! 这才是熟透的梨,你们吃吧!"

说完,老人转身走了。

教室里,一阵沉默之后,站在讲台上的班主任老师,最先发现梨筐上压着一个纸包,打开一看,班主任老师半天没有吭声,但坐在前排的同学都看到了,那是昨晚我们几个凑给老人的一包零钱,他又如数退还了。

十七岁的天空

○蒙福森

廖小远从网吧出来,强烈的太阳光刺激着他的眼睛。他定了定神,走到街上。

正是中午下班时候,街上的车辆行人密密麻麻的。街道两旁是整齐的蝴蝶树,阳光透过树叶,投下斑驳的影子,淡紫色的花瓣落满地上,暗香袭人。

廖小远百无聊赖地走着,心里烦着两个问题:一是他无心向学,成绩极差,昨天他又没有上学,老师打电话到家,他被父亲大骂一顿,就跑了出来;二是他写了一张字条给班里的吴敏丽,但她一点儿反应都没有。

他从高一起就一直暗恋着吴敏丽,每逢见她,就仿佛有一头小鹿在心里怦怦乱撞。她长得美,成绩又好……廖小远正在想心事,突然,一个人快速跑过来,狠狠地撞了一下他的肩膀,他打了一个趔趄,险些跌倒。那个人跑过去了。他摸摸肩膀,感觉疼。妈的!一股无名火腾地升起,心情本来就不好,又被人无缘无故地撞了一下,连道歉都没有,心情就更糟了。在家,在学校,他是小霸王,谁不让他三分?再看看跑过去的那个人:黑瘦,矮小,他更不服气了,立即追去。他要追上他,然后狠狠教训一下他,踢他几脚,打他几拳,消消气。

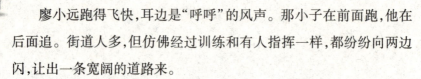

廖小远跑得飞快,耳边是"呼呼"的风声。那小子在前面跑,他在后面追。街道人多,但仿佛经过训练和有人指挥一样,都纷纷向两边闪,让出一条宽阔的道路来。

那小子跑得快,廖小远跑得更快,他只有一个念头:抓住他!教训他!

近了,近了,更近了!廖小远伸手一抓,想抓住他的衣服,但被他一甩手臂,没抓住。想再抓,那小子突然拔出一把锋利的小刀来,晃了几晃,把廖小远的手臂划了一个口子,殷红的鲜血顿时流出来,廖小远感觉一阵火辣辣的疼。那小子乘机转身跑进一条小巷。廖小远更加愤怒,穷追不舍,像参加学校的五千米长跑,不达目的誓不罢休。

那小子跑了几条小巷,跑着跑着,终于体力不支,瘫软在地,气喘吁吁。廖小远走过去,骂道:"你……你……你小子,看你往哪儿跑……你还跑吗?"抓住他的头发,用力揪了几下,打了他几拳,又踢了他好几脚。他一点儿反抗的力气都没有,任凭踢打。

廖小远出了一口恶气,正要离开时,两个人追上来了,一来到,立即拿出手铐,"咔嚓"一声,把那小子铐住了。

原来他们是警察。他们也追得上气不接下气的。

接着一个老板模样的人也满身大汗赶到了。警察把一个包递给他,说你打开看看,够不够数。

廖小远这时才发现还有一个包。那人把包打开时,廖小远顿时目瞪口呆:里面是大捆大捆的钞票!

警察看见廖小远的带血手臂,伸出手来,握着廖小远的手说:"年轻人,你受伤了。谢谢你见义勇为……"警察告诉他,那小子是抢包贼,在银行门口抢了包就跑,没想到栽在廖小远手里了。

…………

星期一,学校操场上,全体师生集合。校长用洪亮的声音宣读感谢信。然后，廖小远庄严地从警察手中接过"见义勇为"证书和五百元奖金，下面是一阵热烈而持久的掌声。十七岁的他第一次获得了这样的掌声。在他的记忆中，只有责骂和批评。

掌声中，廖小远抬起头来，仰望天空，天空明净高远，碧空万里；掌声中，廖小远的眼睛慢慢地湿润了……

一只缺口的木桶

○梁刚

儿子高三了,马上就要高考,但数学成绩老是上不去。父亲急,想跟儿子沟通,但儿子非常抵触,怎么办?

这天,父亲特意为儿子定制了一只木桶。这种木桶不好买,父亲特意跑到古镇去寻找箍桶匠,最后总算找到一位能箍桶的老人,他要求老人给他做一只短一截木板的缺口木桶。老人说,那还是木桶吗?咋用啊?

他笑说,这就对了,我就是要让人家一眼看出,短一截木板,木桶就没法正常使用。老人眼睛一亮,说:噢,你是要拿这个去说理。是老师吧? 有点意思。老人笑着不断点头。

于是父亲就拿着这只木桶回家,把它放在书房最显眼的地方。

儿子见了没吱声,只是撇了撇嘴。父亲想上去解说,却被儿子用手按住:不用解说,道理我懂,你是想让我提升数学这块短板,让木桶的容量迅速增加,但我讨厌数学! 讨厌! 儿子突然高声喊叫,那表情充满了厌烦和愤怒。

父亲惊讶地看着儿子,他知道儿子所面临的压力,他的表达已经是尽可能的婉转了,但儿子还是爆发了。

父亲深深地为儿子担忧,他在 QQ 上给儿子留言:我帮你请了最好的数学老师。父亲非常担心儿子的情绪,怕一不小心触到了儿子脆弱的心理底线。

儿子没理会父亲的留言,过了一天,儿子回复:人生的选择就没有第二条路了吗?那只木桶除了装水,就不能装其他东西了吗?如果装固体物质,短一截板不是照常使用!!!

儿子故意用了三个惊叹号,明显对父亲的理念提出质疑。父亲想了想,回道:木桶理念只是要告诉大家,提升自己的短板,能最大限度增加自己的容量。

难道只有一种选择吗?儿子反诘道。

不。父亲回说,你也可以做出其他选择。

我选择好了。儿子说,我选择放弃。既然数学是我无法逾越的障碍,那我就放弃数学。我想好了,选考艺术类专业。摄影专业属艺术类,不用考数学。

父亲愣了一下。他略感意外,心里暗自遗憾,但转而又欣喜:儿子的思维方式不僵化,他突破困境的方式很独特。摄影也许不是他的最爱,但儿子绕过了他的短板,直接用他的文科之长来敲大学之门。

儿子考上了一本大学,这让父亲非常意外。按他原先的考试成绩,他最多只能考个专科学校。

儿子开始自信起来,与父亲的交流也变得主动。比如他会在 QQ 留言:你看我做个班长是否够格?父亲顿时激动起来,想跟他电话联系,但还是忍住了,回道:当然够格,相信自己是最棒的!儿子回了一个握手的图片。父亲笑了,轻轻嘀咕道:得瑟。

年末,儿子给父亲留言:老爸,我这学期的考试绩点是四点五噢。

不错。父亲不敢表扬,但心里非常高兴。

大三那年,当儿子再次在 QQ 上给父亲留言:老爸,我新创作的滑稽剧,最近正式在电视娱乐档播放了,有兴趣看看,给儿子提些意见噢。父亲兴奋得跳起来,隔着房门连声高叫:老太婆,你儿子出息啦!老婆被他的叫声吓了一跳,还以为出了啥事,手一滑,盘子碎了一地。

父亲突然觉得放在儿子房间的那只木桶有些碍眼。那天,他悄悄把它拿出书房,恰好被儿子撞上,儿子见了一怔,旋即说:爸,那木桶放着吧,我还有用。

父亲疑惑地看着儿子,问:啥用?

儿子一笑,没回答。

过了一段时间,父亲再到书房时,突然发觉,原先的那只木桶被换掉了。原先那只木桶矮胖,现在这只瘦长;原先那只由八块木板组成,现在这只只有七块木板。父亲甚感疑惑:儿子为啥要换一只木桶?

儿子这时突然在父亲背后说:那块最短的木板被我拿掉了。与其在最短的那块木板上苦苦纠缠,还不如让长的木板更长。

错 别 字

○马卫

    陈刚全小心翼翼地走进语文组办公室,因为他今天又犯错误了。下课后,他把从上学路上捉的一只青蛙放在同桌女生王慧的桌子抽屉里,青蛙蹦出来,吓得王慧晕倒在地上。要知道,王慧先天心脏不好,搞不好就会出人命。这不是犯下大错了吗?班主任何老师的脸都气青了。可是,令吓得脸色发白的陈刚全没有想到的是,何老师居然没有批评他,只是安排学生把王慧送到医务室后,让陈刚全吃过午饭,到她的办公室去。

    陈刚全哪还有心思吃饭啊,他在等待何老师的"暴风雨"来临。上学期,班主任是周老师,每次他惹了祸,周老师就让他到操场跑一万米,然后在沙坑里跳半个钟头。虽然没有批评他,但体罚得他当晚脚肿、腰疼、屁股怕挨床。何老师接手后,陈刚全还没有出过大错,成绩也没有上升,仍是班上倒数第一,因此不知道何老师会怎么处置他。

    "你坐吧,先写份检讨书。"

    何老师轻言细语,这让陈刚全一下子无法适应。要知道,作为凉水中学最捣蛋的一个,检讨书他不知写过多少回,那能有什么用啊?何老师是优秀班主任,难道这点她都不明白?陈刚全的心一下放松了。何老师在一边改着作业，像根本没有一个学生在身边似的。

磨磨蹭蹭，大约花了半个钟头，陈刚全才写好检讨书。

"我的天，你咋这么多错别字呢?"何老师一脸的惊讶。她认真地数起来，一篇不到三百字的检讨书，居然有八十七个错别字。

这下陈刚全脸皮再厚，也红了起来。"老师，我的语文成绩……"

可何老师并没有说他什么，就放他回去了，只是把他写的检讨书郑重其事地放在一个卷宗里。陈刚全忐忑不安地离开了。

第二天，他不安地找到何老师，问:"您真的不批评我?"

何老师一脸的莫名其妙:"难道你想挨批?"

"谁想挨批啊，可是……"

"我只给你提个要求，每次考试写作文，只要你全部用错别字写，就得满分。行吗?"何老师很认真地说。

陈刚全一下傻了眼:"何老师，你是不是说颠倒了? 全部用错别字写?"

"没有说颠倒。就是要全部用错别字写，否则不给分。"

开始，陈刚全以为这没有什么，但一到考场才知道，一篇八百字的作文，要全用错别字，根本无法写出来，因为有好多字他都分不清正确与错误。那次考试，作文当然没有得分。

第二次还是没有得分。第三次仍然没有得分。

直到那次期终考试，他才得了分——全部用上了错别字。而且陈刚全的成绩从此直线上升。他可是全校有名的调皮大王啊!

其他老师很不理解，何老师一点就破——要全部用错别字，得先知道什么字是正确的，这样陈刚全就不得不下功夫啊! 教研室的老师全都竖起了大拇指:"高! 实在是高!"

很多年后，陈刚全大学中文系毕业，恰好上海的一家杂志社在全国招聘编辑一名，陈刚全脱颖而出，轻松获胜。当他到编辑部上班，主编问他为什么能辨别出如此多的错别字时，他便讲了中学时何老师叫他用错别字写作文的故事。主编也感叹不已。

错别字改变了陈刚全的一生。

被泪水打湿的雪花

○晁耀先

一场突如其来的大雪,把我带进一九八三年的早春。

我穿过漫天飞雪的校园,冲进二楼教室,立刻被眼前的情景惊呆了,我们班的王彩凤和杨丽丽竟在抱头痛哭。我愣在那里半天没动,任凭头上的雪花融化成水,像虫子一样从头发里钻出,在我的脸上冷冷地爬行。

我对王彩凤和杨丽丽印象深刻。那一年,她们乡只有三个人考上高中,她们之外是个男生,在另外一个班,而且竟然还是王彩凤的未婚夫。

她们似乎也感觉到有人进来,抬起头很吃惊地看着我,有种被人看破秘密的尴尬。王彩凤的双眼像两枚快熟的桃子,看样子已经哭了很久了。我一时不知道该说什么好,只好说外面的雪可真大呀,又像雨又像雪的。

今天的雪确实很怪,它像背负着什么重东西,直接砸到地面上后,迅速融化成水,没有它固有的飘逸之美。

看她们没有吭声,我抹了把脸上的雪水,小心翼翼地问道,你们还没有吃中午饭吧? 你们,你们刚才为什么哭? 大家,大家都是同学,有什么事我可以帮……我的话还没有说完,杨丽丽就急匆匆地打断了

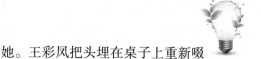

我,你别问了,你别问了,你帮不了她。王彩凤把头埋在桌子上重新啜泣起来,那声音非常压抑,我感觉她有着无法排遣的悲伤。我赶紧跑过去,想去抚慰她,却触摸到她湿漉漉的棉袄袖子,我的心不禁一颤。我说,彩凤,有什么大不了的事呀,你说出来让我听听,说不定我能帮上你呢!可她还是一个劲儿地哭,一旁的杨丽丽说,她又是要上吊,又是要跳楼,唉……她居然要死!我着急地说,为什么呀,咱们才十六七岁,以后还要上大学为国家建设出力,怎么小小年纪就想到死呢?王彩凤是个好姑娘,学习成绩一直很好,听说她抱定了上大学的决心,怎么现在又寻死觅活的呢?我这样一说,王彩凤哇的一声大哭起来,她用嘶哑的声音小声吆喝道,我不想死,我真的不想死,我还想上大学呢,可我不死又怎么面对世人呢?我更蒙了,什么问题非以死才可以解决呢?

有一个脑袋在窗户外面晃了一下,杨丽丽也看到了,她嘟哝道,谁这么无聊呀,居然还来偷看热闹!我一听跑了出去,看到一个男生迅速折进了楼梯口,等我撵过去时,已经看不见了人影,只听到踏踏踏的脚步声。

杨丽丽说,是谁?我说,没有看清,反正是个男生,可能是来看热闹的吧!杨丽丽说,不,肯定是那个王八蛋,都是他做下的好事。我去找杨国民算账去!

王彩凤一把拉住了她,丽丽,求求你,别去。这事儿如果传出去,我就是不死也得死了。我更蒙了,王彩凤要死要活的竟与一个男生有关,而且还做下了见不得人的事。我说,彩凤,你和别的男生谈恋爱了?她摇头否认。那,那个人是你男朋友吧,他怎么可能伤害你呢?她们没有回答我,但答案是肯定的。

杨丽丽说,你不让我找他算账,可这事儿怎么办呢?

王彩凤不哭了,却咬着嘴唇,皱紧了眉头,让我感觉更加害怕。她突然一头跪倒在我面前,梦姣同学,你帮帮我,好吗?我赶紧拉她起来,彩凤啊,到底出了啥事儿?如果我能帮上你,怎么可能不帮呢!

她的泪水又流了一脸。她说我是山里人,能考上高中已经很不容易了,我梦想着有一天能考上大学,走出大山。可这事要是传出去,我肯定上不成学,也做不成人了,你们一定要替我保守秘密呀!我们俩都庄重地点了点头。她停顿了一下,似乎在犹豫要不要说出来。片刻之后,她低着头小声说道,你妈不是县医院的妇产科医生吗,请她帮我打胎,好吗?

我不由得惊叫了一声,啊,你怀孕了,怎么可能?王彩凤的头低得更深了。我觉得我刚才的惊叫太不合适,赶紧说,彩凤,我向你保证,绝对不会向任何人说起,我们现在就去医院找我妈!

妈妈做完检查,很奇怪地看着王彩凤,你是根据什么说你怀孕了?王彩凤很不好意思地低着头。我说,彩凤,他到底对你做了些什么呀?可千万别让他毁了你的前程。王彩凤的脸更红了,低着头一声不吭。杨丽丽说,哎呀,还是我帮她说吧。我们离家太远,一般一个月才能回一次家,杨国民家境富裕,每周都回,他时常帮我们从家里带东西。昨天晚上他给彩凤东西时,抱,抱……就是拥抱了她。

原来是这样呀!我妈苦笑了一下,你们过去没有上过生理卫生课吗?

我们上初中时开设有生理卫生课,可等讲到生殖系统的结构和功能时,老师就隔过去不讲了,让我们自己看,我一看那些彩图脸就红,所以从来也没有仔细看过。

王彩凤说,课倒是开了,但老师让我们把那一章节提前撕了……

窗外,雪依然下着,大朵大朵的雪花像是饱含了泪水,沉甸甸地向大地扑去……

原始积累

○远山

　　H 大学正门东侧,有一排树。有一天,树下出现了一个擦皮鞋的女孩。女孩看起来虽然不是如花似玉,却也亮丽动人。当她低腰擦皮鞋时,乌黑的头发瀑布一样垂下来,露出雪白的脖子,看得那些学生顾客倾慕不已。

　　小鲁就是其中的一个。

　　小鲁是管理学院的大三学生。他知道自己今后要在商海里混的,所以很注意自己的形象,尤其一双皮鞋,保养得很好。他相信这样一句话:"男人的形象,一在头,二在脚。"所谓脚,就是指皮鞋了。所以当他听说校门口出现了一个擦皮鞋的摊点时,很高兴,马上就去了。

　　他知道擦皮鞋的是一个年轻姑娘,同寝室的几个家伙已经兴奋地谈论过一个午睡时间了。他不在意。他认为只要皮鞋擦得好,擦皮鞋的是男是女是老是少,是无所谓的。可是他没有料到,这个擦皮鞋的,不但年轻,而且还很漂亮。她眼睛一扫,小鲁就觉得自己心里一阵慌乱。

　　当然,小鲁是有定力的。他很好地控制了自己的情绪,不让这种心神迷乱在姑娘面前有丝毫的流露。

　　"麻烦你,擦一下皮鞋。"他总是这样彬彬有礼。

　　"不麻烦。谢谢你的光顾。"姑娘态度不卑不亢。

小鲁突然对姑娘充满了同情和怜爱。这样的人怎么可以擦皮鞋呢？

"你可以试试换一种工作。"有一天，小鲁忍不住对姑娘说。

"怎么？我这工作不好吗？"姑娘埋头擦鞋。

"不是不好，工作没有贵贱嘛。"小鲁说，"我只是觉得，你……你这样的条件，可以从事更好一点的工作。"

姑娘将抹布用力擦了几下，表示皮鞋已经擦好了。她抬起了头，一边接过小鲁递过来的擦鞋钱，一边说："你放心，我不会一辈子擦皮鞋的。我有自己的理想。"

"理想？"小鲁觉得有了进一步交流的话题，立即兴奋起来。"能说说吗，什么理想呢？"

姑娘一笑："告诉你也无妨。我的理想是经营一家皮鞋厂。"

小鲁愣住了。他没有想到她的理想仍然与皮鞋有关。"皮鞋厂？那要多少资金啊……"

姑娘又是微微一笑："你没有看见我正在进行原始积累吗？"

小鲁又是一愣，他忽然觉得自己是一个小学生，而这个擦鞋的姑娘倒像是一个大学生，甚至像一个经济学教授。

第二个学期，小鲁返校了，擦皮鞋的姑娘却再也没有出现。这让小鲁很沮丧，一方面是由于再也看不到她了，另一方面，是因为校门外不远处的商场里，出现了一款新型皮鞋。这鞋既是皮鞋，又是运动鞋，或者说是皮质的运动鞋，极受既爱好看又爱运动的大学生的欢迎。小鲁自己就买了两双。他想如果她还在擦皮鞋，她一定会赞美这种皮鞋的。

很快，毕业的日子来临了，大学生的幸福生活从此结束，因为他们要为找工作而四处奔波了。校园内也出现了各种招聘广告。其中就有一家鞋业公司。小鲁突然对这家鞋业公司有了兴趣。虽然地址告诉他,这家公司在南方,有点遥远,但小鲁还是毅然南下了。

鞋业公司对于小鲁似乎有点兴趣,经过了两次面试后,他得知营销部主管要见他。也就是说,如果没有什么意外出现,他将获得一份工作了。

但是意外还是出现了,因为他一眼发现这个主管竟然就是一年多前在校门口的那个擦皮鞋姑娘。姑娘却没有什么惊奇表情出现。小鲁明白,她肯定早就看过他的材料和照片,知道他是谁了。

"不要惊奇,一个擦皮鞋的姑娘怎么突然升级为主管。因为我本来就是公司里的业务骨干。擦皮鞋无非是一种市场调查的形式,瞧你这双鞋,"她指着小鲁穿着的运动型皮鞋,"正是我那次市场调查的产品,我在你们几所大学门口擦了半年多皮鞋,终于知道你们大学生喜欢穿什么样的皮鞋。"

小鲁愣在那里,不知如何接话。

"欢迎你加盟我们公司,"姑娘说,"不过第一步,你需要原始积累,你看——"

小鲁顺着她的手势看去,看见墙角放着一个擦皮鞋的小箱子。

"眼熟,是不是?"姑娘笑了起来,"我现在将它传给你。你要明白,原始积累不仅仅与金钱有关。阅历、行情、调查研究,等等,其实也都属于原始积累的一部分。"

老师永远记得你

○孙道荣

儿子兴冲冲去参加了一个同学会。毕业三年了,儿子和他的小学同学基本上没有见过面。正值青春期的孩子,长得又特别快,变化都非常大,互相还能够认出来吗?

很多同学,虽然长高了,壮了,长胡子了,变漂亮了,变声了,但是大家基本上还是一眼就能认出对方,一口报出彼此的名字以及绰号。同窗六年,同学之间,留下了太多的印记,而很多记忆,是无法抹掉的。

儿子说,让他特别意外的是,班主任黄老师也被请来了。他们是黄老师的关门弟子,带完了他们这届,黄老师就退休了。

儿子走进去的时候,黄老师正被一群同学围着。看见又有新同学进来,大家自觉让出一条通道。儿子走过去,惊喜地喊了声:"黄老师,您好!"

黄老师抬起头,盯着儿子,忽然惊奇地喊了起来:"这不是我们的调皮大王张坤吗?三年前还只有一米五,都没我高呢,现在快一米八了吧?真是士别三日,当刮目相看啊!"

儿子一脸错愕。张坤是儿子小学的一位同学,黄老师怎么把自己错认成他了?儿子正要解释,看见黄老师身后的同学拼命地冲他挤眼睛。儿子不明所以,只好附和着。

黄老师问儿子考取了哪所高中,又拉儿子坐到她身边问:"'J'这个音节,现在能讲清楚了吧?"儿子挠挠头,明白过来了——讲的还是张坤啊。儿子清楚地记得,因为有点大舌头,张坤一直发不准"J"这个音。简单的"姐姐",经他嘴里一说,成了"给给",为此,同学们给他起了个外号"大给"。没想到黄老师连这个都记得这么清楚。

正说话间,又有一位同学来了。围着黄老师的同学们又主动让出一条道,让刚来的同学先向黄老师报到。

黄老师也一眼就认出来了:"小胖子王栋,你中考体育达标了吗?我记得你毕业考时,八百米跑了整整十分钟呢。"

同学们嘻嘻哈哈地起哄。黄老师抿了抿嘴,慈祥而威严。

又一位同学进来了……

儿子悄悄将一位同学拉到一边,问他:黄老师认错我了,你们为什么不让我纠正啊?

同学回头看了看,附在儿子的耳边轻声说:我们也是刚知道,去年黄老师生了一场大病后,记忆力就严重衰退了,很多熟人都不认识了,很多事情也记不起来了。你来之前,我们很多同学都被张冠李戴了呢。不过,黄老师记得我们班所有同学的名字,还记得关于我们的好多事情呢。但是,她好像已经无法将我们一一对号了。为了让她高兴点,她把你认成谁,你就装是谁。我们都是这样的。

儿子很郑重地点点头。被同学们簇拥着的黄老师,头发花白,蜡黄的脸上,透出红晕。

同学聚会变成了师生聚会。黄老师拉拉这个同学,又拉拉另一个同学,讲着曾经发生在他们身上的趣事,把张三的,说成了李四的;把一位男同学的丑事,错当成了一位女同学的。同学们都很认真地听着黄老师的讲述,不时爆发出青春期孩子特有的爽朗的笑声,仿佛又回到了小学校园,回到了一次班会之中……

　　回到家中的儿子,似乎还沉浸在聚会的气氛中。他说,后来他们集体将黄老师送回了家,这是他们大多数人第一次跨进老师的家门。黄老师的家里,弥漫着各种药物的气味,书房的墙上,挂着很多张合影,那时候,他们的脸,多么稚嫩啊。黄老师指着照片说,我记得你们每个人,你们的名字,还有你们的梦想。

　　说到这里,儿子的眼里噙着泪水。那是拥有一颗感恩的心的孩子,流出的热泪。

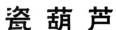

瓷　葫　芦

○王雪涛

　　刘家湾小学在一座大山里。山很大，只有一个村；村很小，只有一所小学；学校则更小，只有一位老师。

　　老师姓尚，早已过了退休年龄，因为村里请不来老师，大城市里的老师谁也不愿意到这穷得只有石头的地方来，村主任赵秋贵就又把他请了回来。尚老师不忍看着孩子们没人管，二话没说背上铺盖、提着一口掉耳朵的铁锅就住到学校里了。

　　尚老师对学生极严格，完不成作业的要用荆条抽手心。那荆条是山里特有的，柔软坚韧，能盘成圈握在手里，山里的孩子都知道它的厉害。一荆条抽下去，手心像被烙铁烙了一样火辣辣地疼。

　　这天，二年级的赵铁锁没有交头天布置的作业。尚老师问："铁锁，你昨儿个放学干啥去了？"

　　"放牛。"

　　"谁让你放牛的？"

　　"俺爹。"

　　"听我的还是听你爹的？"

　　"听俺爹的。"

　　"为啥？"

"俺爹是村主任。"

"村主任也是我的学生！"尚老师拍着桌子说，"伸出手来！"

"偏不！"说完，铁锁猛地冲出教室，头也不回地往外跑。

"你给我回来！"尚老师一边喊一边站起身追，但还没有走出教室的门就一头栽倒在地上。学生们一看不好，惊呼着拥过来，几个胆小的女生吓得哭了起来，有学生飞快地跑去找人。

一会儿工夫，村主任领着一大群人来了，大家七手八脚把尚老师抬上板车送往医院。

经诊断，尚老师患的是心脏病，已有几年的病史了，这次幸亏抢救及时。几天后，尚老师又走上了讲台。他像往常一样环视了一圈教室，然后打开书本开始讲课，忽然像想起来什么似的说："我的药在右边的衣袋里，如果老毛病又犯了，请大家帮我服药。"说着掏出药瓶让大家看了看，是一个小小的瓷葫芦，"我可不想死这么早。"

教室里一片沉寂。大家知道，这句话随时都可能成为尚老师的遗言。

这一节课，同学们听得最认真。尚老师哪天换了一身衣服，上课前就会特别提醒说："今天我的救命葫芦在上衣左边的口袋里，大家一定要记准，千万别找错了地方。"

学生就死盯着尚老师的左上衣口袋，好像那里真有能救尚老师的宝葫芦一样。

学期快结束的时候，尚老师也最忙。五年级的学生要升学，其他的学生又不能撇下不管，于是尚老师的小油灯常常亮到半夜。第二天起床，窗台上总是放着一只熟鸡蛋或一把红枣，偶尔还有几朵野菊花——尚老师爱喝菊花茶。而每当尚老师问起是谁送的这些东西时，同学们都说不知道。

最近一段时间，尚老师发现班里老是有人迟到，好几次都是快到上课时间了，几个学生才气喘吁吁地赶来，身上脏得像泥猴似的，脸上有时还挂有几道血痕。尚老师很生气——在这关键时候，居然有人敢贪玩。

有一天，已上课十几分钟了，脖子上挂着书包的赵铁锁才出现在班级门口。尚老师停止讲课，问他干什么去了。铁锁低着头，倚着门框一声不吭。"铁锁，伸出手。"尚老师抓起荆条，要抽铁锁手心，"你老子我都打过！"

同学们望着尚老师气得铁青的脸不知如何是好，一时间教室里的气氛紧张起来。

"尚老师，别打他了。"春妞站起来说，"我们看你整天操心，又没钱给你买药，就趁放学到山上挖药材晒干卖给收购站换钱，因为怕你知道了生气，所以没敢给你说。铁锁为了多挖些药材，还摔伤了腿。"春妞走到铁锁身边，挽起铁锁的裤腿，露出膝盖上的伤疤。

铁锁松开紧攥的手，手心里是一只小小的瓷葫芦，他小心地捧着，像捧着一件稀世珍宝，眼里满是泪花。"尚老师，是我不对，我不该惹你生气，你打我吧……"铁锁哽咽着。

"尚老师，你别生气，是我让大家挖药材的。"班长壮子站起来，"我们怕你犯病，每人都买了药随身带着。"说着伸开手，手心里捧着一只瓷葫芦。一个，两个，三个……全班同学都站了起来，像一片小树林，每人手里都捧着一只瓷葫芦，教室里传来低低的啜泣声。

尚老师望着学生们手里的一只只瓷葫芦，嘴唇动了动，两行热泪沿着饱经风霜的脸庞无声地滑落下来……

潘静的小红花

○田洪波

潘静是那种很有心计的女孩。在我们班,她也是得小红花儿最多的学生。

每个周末大家都很紧张。每个人都在盼着老师揭晓本周的小红花得主。但最后,站起来的总是潘静。我们不得不违心地一次次送给她掌声,心里却很纳闷,她怎么会有那么多好事可做? 全班的力量都赶不上她一个人的,这太不真实,太让人犯嘀咕了。

潘静的家境并不是很好,听说她母亲还是个残疾人。她母亲需要常年喝一种中药,那是很费钱的,但就是在那样的情况下,她依然会把拾到的钱币交公,可见她有多么了不起。了不起的潘静学习也不错,还是班上的语文科代表。也许是母亲的坚忍和父亲的刚强铸就了她的品性吧。

潘静人长得很漂亮,是那种典型的瓜子脸,每次上台接受老师给她胸前戴上纸花,那张瓜子脸会像一朵红云,分外好看。

台下的我们,总是眼巴巴地看着她接下来的一周意气风发。

我倒没有表现出对她有多感冒和不服气,但刘扬他们不干了。沉不住气的刘扬在一天放学后叫住了我,说与几个要好的同学有事商量。为了期望中的步调一致,刘扬甚至买了几根冰棒送到大家手上。

在学校后院的一条水沟边,刘扬说出了他的如意算盘——明天期中测试结束以后,我们六位同学结伴去街上做好事。

我一定要把潘静的小红花抢过来!刘扬说得恶狠狠的。他平时就鬼点子多,自然我们都投了赞成票。

第二天走上街头的我们都很兴奋,大家不住地嚷嚷着城市的风景。

刘扬却没心思听我们咋呼,他不断地逡巡来往的行人,一双眼睛瞪得溜圆,很快他就发现了目标。

那是一个准备过马路的老太太,但显然她的身体还很硬朗。刘扬可不管他看到的,他几乎是一个箭步就飞过去了。他将一双手很自然地圈上了老太太的胳膊。老太太惊问,孩子你想干啥?刘扬满脸微笑,我们扶您老过马路呀!

刘扬说着冲我们挤眉弄眼。于是我们一呼啦也都飞奔过去搀扶老太太。

不过,周末揭晓小红花得主时,我们几个同学还是败给了潘静。

潘静两次捡到硬币交公,好事比我们多做了一件。

刘扬气得把嘴巴都鼓圆了。下一周,我们在他的号召下登上了公交车。公交车驶出四站地,我们才抓到做好事的机会。

上来的是一位孕妇。刘扬率先站了起来,阿姨,你快坐我这儿吧。

孕妇笑了笑,谢谢你小朋友,我刚从单位出来,也刚坐过,你坐吧。

那怎么行?刘扬懂什么似的强拉孕妇坐下了。这可开不得玩笑的,刘扬甚至很认真地说了一句。

刘扬的话把我们都逗笑了,尽管我们再没遇到做好事的机会。刘扬后来和我们说,花几个大毛车费,值!他的脸上居然洋溢起了自信。

不过,结局依然不是我们期待中的,那一周,潘静居然上缴了四次捡来的硬币。戴上小红花那会儿,我发现刘扬把嘴唇咬得很紧。课后,他霸道地拉我们堵住了潘静,你哪儿捡得来那么多硬币?

潘静似乎料到了我们几个的鬼把戏,她微微上翘起好看的下巴颏儿,你管得着吗?有能耐你也捡来试试!把刘扬气得干瞪眼说不出话。

期末前的运动会上,太阳烤得人口渴难耐,我们几个死党都嚼起了冰棍。刘扬用胳膊捅捅我,看见没,潘静馋得都快坐不住了。

我扭头望去,果见潘静的喉结不住地上下滚动,而她的上衣前襟则已经明显地湿透了。我有些不忍。

没事儿活动活动腿吧,兴许能捡个块儿八毛的。刘扬阴阳怪气地瞅向潘静说。

潘静气得白了脸,不一会儿,就埋下头哭了起来。

那天晚上上街,我和母亲碰见了给母亲买药回来的潘静。母亲听过我的介绍有些惊喜,你就是那个最能得小红花儿的潘静?了不起的孩子!

阿姨再见!潘静却羞红了脸,低下头一溜烟地走了。

母亲狐疑地瞅向我,问,她怎么了?我下意识地说出一句:她可能有心事吧?

有心事?这么小的孩子会有什么心事?母亲更加不明白了。

十五年后的同学聚会上,潘静喝醉了酒。她喃喃着说出一段话:其实那会儿那么小,我干吗要把自己置于孤立无援的境地?要把自己逼向一个个绝境?童年本来应该是快乐的呀……

一席话说得大家唏嘘不已,刘扬也红了眼睛,我亦感叹着点了点头。

最珍贵的礼物

○戴燕

梅子读三年级的时候,苏同到樱桃沟小学教书。

市师范学校的毕业生来樱桃沟小学教书,这可是头一次,村里人都觉得很新鲜。

樱桃沟小学是村办学校,共有二十一名学生,一个校长,算上苏同共有三个老师。除了苏同,其余两个老师都是村子里的民办教师。村里对苏同的到来十分重视,校长特意把学校东厢房的大屋子让出来给他住。校长说,不能屈着城里的孩子。

苏同长得很文气,还会打篮球,每天脸上总是露着笑,一副朝气蓬勃的样子,与樱桃沟小学的环境极不相称,往学生中间一站,突出得就像明星。在梅子周围的女生当中,关于他的信息层出不穷,不时会引起一阵小小的骚动。校长说:"苏同能来咱这个穷地方教书,就说明他是个好小伙。"

梅子听说苏同其实只是暂时调来的,以后还会回城里去。校长说,看人家苏同,每天都早早起来读书,因此才能考上师范学校,才能当老师,全校学生都要向他学习。为了看看校长的话是真是假,梅子开始早起到学校去,偶尔她能看见苏同穿一身绿色的运动服在村路上跑步,然后蹲在房檐头儿洗脸。地上放着一盆水和一块白色的香皂。

香皂的香味很迷人，梅子好想伸手摸一摸那块香皂，但手指最后还是深深地躲在衣兜里。一次，梅子发现苏同注意到她时就加快了脚步，不料，一个跟头栽在了他面前。那回，苏同把香皂借梅子用了用，她只摸了一下，就觉得全身都和苏同一样，有了淡淡的香味。

苏同有时下午没课，就待在东厢房里，或者回城里。梅子见他不在学校，看书时就心不在焉。离东厢房不远的地方有一处公厕，晚上，梅子常常去上厕所，顺便看看东厢房的灯是不是还亮着，然后才能安安心心继续读书。梅子发现很多女生也爱去那个厕所，对此梅子很反感。

不久，学校来了一位女老师，校长说是苏同未过门的媳妇儿，为了和苏同在一起，也来这个学校实习。这个消息很快就在学校传开了。整整一天，平时在学校里叽叽嘎嘎的女生都不言语了。放学路上，一个女生说，女老师长得一点也不好看，脸白得像张纸，眼睛像玻璃球。梅子和其他女生点头称是。女老师上课时，梅子和别的女同学都不愿意听，也不愿意做笔记。梅子发现女老师也和苏同一样有一个好习惯，就是每天早早起来看书。梅子对他们很羡慕，因此每天也早早起来背书，希望自己与他们一样，将来也能当一名教师。

第二年春天，苏同和他的媳妇儿接到调令，要回城里去，但新老师还没来，他们还要待上一段时间。一天，梅子在东厢房外捡到一把指甲刀，上面有一个金鱼的图案。这可是稀罕物，梅子拿给别的女生看，有人认出是苏同的，她们兴高采烈地想把它还给苏同。梅子很生气，夺过来对她们说："是我捡的，我去送。"梅子看出来校长一直讨好似的围着苏同，希望他能留下来，但苏同还是选择离去。梅子想对苏同说句挽留的话，但觉得自己无能为力。因此梅子想，留下苏同的指甲刀也是好的，自己看见它就会想起他朝气蓬勃的脸。

就在苏同和女老师走了两年后，樱桃沟小学由于学生越来越少，被教育部门勒令停办了。

几年后，当年樱桃沟小学的一个女生考到师范学校的消息不胫而走，人们说那个女生很勤奋，很多人都知道她每天早早起来读书。

那个女生就是梅子。梅子毕业后分到市内的一所学校教书，报到第一天，梅子就认出了和自己一个办公室的苏同，她十分兴奋，但苏同并没有认出梅子，梅子低下了头。

一天，苏同想剪指甲，问办公室的同事谁有指甲刀。梅子便将十多年来一直随身携带的有金鱼图案的指甲刀拿了出来，递给苏同，她希望苏同看到这个指甲刀，能记起她来。

苏同拿过来后乐了，对梅子说："怎么？像你这样的年轻人还用这样土的指甲刀？"梅子说："这是我的一个小学老师的。"

苏同说："我以前也有一把这样的指甲刀，是一个校长送我的。那时我和我媳妇儿在一个叫樱桃沟的乡村实习了一年。那实在不是人待的地方，我们坚持了一年，后来经过我妈多方活动，我们才回到城里。走时我媳妇儿说那里的东西脏，就给扔了。不过，这个玩意儿挺好用。"

苏同淡然地说着，就像在讲述别人的故事。梅子听了，心里酸酸的。

她拿回指甲刀，小心地放在抽屉里，那样她每天拉开抽屉就能看到它。

从此以后，梅子不再希望苏同能认出她了。梅子每天早早来到办公室打开抽屉，看一眼当年的指甲刀，拿出教案，看书、备课。除了她自己，再也没有人知道，在她心中，这把指甲刀是生活给予她的最珍贵的礼物。

女 先 生

○青铜

　　女先生杜泠，那时不过十八九岁年纪，刚刚从师范学校毕业，分配到桥镇中学教音乐。杜泠来的时候正是秋天。她一身白衣，走在飘飞的桐叶间，那种光芒晃人眼睛。

　　初一的新生是野马，不好管。但杜泠有一副会变色的眼镜。杜泠在教室门口站着等上课铃响的时间里，总是仰着脸望天空。同学们纷纷猜测她在望什么，有说鸟，有说云，有说是椿树上的花大姐。我猜测，她是想让阳光把眼镜片的颜色变深，这样，学生就看不透她的眼神了。

　　但日子久了，学们生慢慢摸透了杜泠的脾气，就不再怕她了。虽然杜泠总是板着面孔，但学生就像狡猾的老鼠，知道小猫再吹胡子瞪眼睛，也不会吃掉它。

　　杜泠就常常抹着眼泪跑出教室。

　　那时，同学们大多把"泠"字认成"冷"字，杜泠就成了杜冷，我只是在后面别出心裁地加了个"丁"字，杜泠一下子就成了杜冷丁。现在回想起来，当时的我是没有恶意的，但事实证明，我的这个颇具创意的玩笑对杜泠没造成很大的影响，而对我更无异于一场灾难——父亲听说小杜老师被我气哭了，就用他的包括巴掌、皮鞋、鸡毛掸子、笤帚

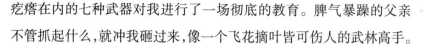

疙瘩在内的七种武器对我进行了一场彻底的教育。脾气暴躁的父亲不管抓起什么,就冲我砸过来,像一个飞花摘叶皆可伤人的武林高手。

打完了,父亲说,小杜老师教你,就是你的先生,你就要尊敬她!

我第一次明白了,对女人也可以叫"先生"。杜泠也像冰心、杨绛那样,是个"女先生"。

我带着母亲做的一些小吃去向杜泠赔罪。杜泠正在弹风琴。秋日傍晚,夕阳的光里,杜泠莹白的手指蝴蝶一样翻飞。

杜泠看到在门外躲闪的我,抬起踩踏板的脚,让琴声停下来。

杜泠说,进来吧。

我说,杜老师,我错了,我不该给你起外号。

杜泠笑了,说,你很聪明,但要把聪明用到学习上去才对。

我使劲地点头。

看我还是很窘,杜泠忽然冲我眨一下眼睛,凑到我耳边低声说,其实杜冷丁蛮好听的。

杜泠红红的唇就在我耳边,她说话时,温热的气流从齿间溢出来,吹得我的耳根痒痒的。有一种暖暖的香,从她的身上飘过来。我的脸陡然涨得通红,感觉体内的血流像一场傍晚的潮汐,嚣叫着、奔跑着涌上沙滩。

接下来的日子,我的英语成绩很奇怪地好起来。同时,我的生活也发生了一系列的变化。我开始变得沉默和害羞,常常盯着某一个地方出神;我开始打架,常常是在英语课后,我会向某个上课时捣乱的同学无端发动攻击,像一头好斗的小兽,反复冲锋,直至头破血流。

我变成了一个坏孩子。老师为我惋惜,父亲经常动用他的七种武器。只有女先生杜泠,不训我也不骂我。她把我叫到她的宿舍去,帮我把打架时弄破了的鼻子涂上药水,帮我整理头发,帮我系扣子。她还弹琴给我听。

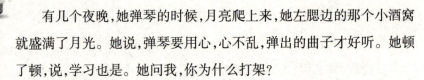

有几个夜晚,她弹琴的时候,月亮爬上来,她左腮边的那个小酒窝就盛满了月光。她说,弹琴要用心,心不乱,弹出的曲子才好听。她顿了顿,说,学习也是。她问我,你为什么打架?

我站在黑暗里,不吭声。

杜泠就生气了。杜泠说,你要是再打架,就不要再来听我弹琴了。

我哼一声,扭头跑了。

我的英语成绩一下子滑落到倒数第一名。杜泠在课堂上点名批评了我。我咬着嘴唇,眼泪还是流下来。我跑到河边,用石片儿打水漂。我在心里对自己说,杜泠丁,我恨死你了! 我把石片儿狠狠地向水面甩过去,好像那水就是杜泠。

我再也不去听杜泠弹琴。

体态轻盈的杜泠像一只鸽子,在校园的秋天里飞来飞去。她飞过那株开满云一样的红绒花的合欢树时,我透过教室的窗户望着她,内心里涌动着莫名的情绪。那种情绪,直到今天我仍无法准确地形容,但它足以助长一个少年的冲动。

那是一个晚上,我路过杜泠的宿舍,看到杜泠纤细的影子投在糊着白纸的玻璃窗上。我鬼使神差地捡起一个小石头,用力地掷向窗子。小石头砸在铁栏上,在静夜里发出极为尖锐的声响。

我看到那个影子倏地站起来,撞着了吊灯,慌乱地摇晃着。

十分钟后,我带着恶作剧的快意,敲响了杜泠的门。我听到杜泠慌乱的声音:谁?

我说,是我,杜老师。

杜泠打开门。她穿着单衣,手里握着一把用来量布裁衣的竹尺,显然是匆忙间抓起的"武器"。慌乱还未从她的脸上褪去。

杜泠的慌乱,一瞬间瓦解了我,恶作剧似的快意如潮水一样迅速退去,取而代之的是一种难言的内疚和疼痛。我甚至想要去抱一抱她，告诉她不要害怕。

　　在今天回忆起来，当年的女先生杜泠也只是个比我大不了几岁的孩子，但面对她的柔弱和慌乱，我瞬间成长为一个男人。

女
先
生

墙上有一个洞

○覃柳波

校长看着办公桌上两封卷卷的信,眉头情不自禁皱了起来。

那是一个男生和一个女生的通信,一封的开头这样写着:"亲爱的小美,我无时无刻不在想着你,上课的时候,我满脑海里晃动着你那亮丽的身影……想你的小强。"另一封这样写着:"亲爱的小强,我也在想着你哦! 谢谢你的想念,因为你,我过得很温暖……想你的小美。"

看完信后,校长起了一身的鸡皮疙瘩。这些学生,怎么了? 这几年,学校的学生越来越难管,成绩不好不说,连基本的纪律都遵守不了。按道理说,学生的生活水平提高了,学生的纪律性应该得到加强。可是呢? 情况不容乐观,最近的学生恋爱成风就让校长头疼不已。

校长在每周一集合的时候多次提到禁止谈恋爱的问题,点名批评甚至把那些谈恋爱的学生"请"上台亮相,严重的话停学叫家长领回家几天。即使这样,学生谈恋爱的事情依然屡禁不止,大有"野火烧不尽,春风吹又生"的趋势。刚才,小强和小美的班主任同时送来两封情意绵绵的信,让校长再次感到了情况的严重性。校长怎么也想不通这两个学生的名字会连在一起,一个初三,一个初一;一个的教室在五楼,一个的教室在一楼。真是防不胜防啊! 校长感慨道。

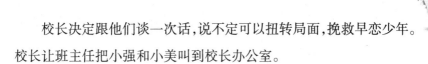

校长决定跟他们谈一次话,说不定可以扭转局面,挽救早恋少年。校长让班主任把小强和小美叫到校长办公室。

不一会儿,人来了,都站在桌子前,低着头。校长把门掩上。

校长指着信说:"你们的语言表达不错,写得挺感动。但是这样的内容应该是在你们成年之后才出现。说一说你们做得对吗?"

小强说:"错了,校长,我们错了! 我们以后改,一定改。"

校长说:"很好。认识到自己犯错误,证明你已经进步了。"

校长又转身对小美说:"你呢? 你觉得自己做得对吗?"

小美咬了咬嘴唇说:"我没有错。我只不过给我喜欢的人写了一封信而已,我不觉得我犯了多大的罪过! 你们想怎样吧?"小美的牙齿咯咯作响。

校长听了这样的言语,气得浑身发抖,说:"难道是对的不成? 马上打电话叫你家长来学校! 我倒要看看你的父母怎么说!"

"家长电话号码是多少?"校长说。

"不知道!"小美一副死猪不怕开水烫的模样,似乎要一路抵抗到底。"啪!"校长真的发火了,一拳头重重捶在桌上,那两封信,被震散落在地上。校长的权威怎么可以让这个小女生来挑战?

"老实回答我的问题,否则马上停学! 马上回家!"校长开始发飙了。

"交往多久了?"校长问。

"四周。"小强回答。

"是谁开的头?"校长问。

"是我。"小强说。

"不! 是我!"小美说,"是我先写信给小强的,不关小强的事情。"

"还挺有情有义! 说下去!"校长说。

小美流着眼泪说:"我的爸爸妈妈都去南方打工好几年了,从来没有回过家，只剩下我跟奶奶一起生活。在学校，同学不喜欢我，没有人关心我。我生病的时候，都是小强给我买药，还从墙洞里给我送药和写鼓励我的话。"

"什么墙洞？"校长一惊，问。

"我和小强的宿舍隔着一堵墙，墙上有个洞。"小美说，"信就是从洞里传递的。"

"哦，原来如此！"校长茅塞顿开，忽然，他的脑海里闪过一个念头，他几乎打了个冷战。

校长对小美和小强说："你们先回去上课吧！以后不准再谈恋爱，不准再写情书！"

小强和小美点了点头，离开了校长办公室。

校长猛地抓起电话，拨了一个号码，说："办公室主任吗？请通知全体教职员工今晚八点半在会议室开会，我们要堵住一个洞。"

"堵住一个洞还要这么多人参与？"电话那头传来疑问的声音。

"这已经不仅仅是一个墙洞的问题，我们的漏洞太多了。"校长意味深长地说。

水缸里的爱

○赵悠燕

当许川在饭桌上慢吞吞地宣布他考进重点中学时，父亲说："那不行，我已跟刘村的木匠师傅说好了，下个月起，你跟他去做学徒。穷人家学些手艺才是正经。"

母亲看看许川，叹息着说："是啊，谁让我们家穷？你得赚些钱来帮衬家里。"

许川不言语。他是这个家里年龄最小的，比他大两岁的哥哥早就在干活儿挣钱了。

"明天你去告诉老师，就说咱们没钱读书。"父亲说。

许川的班主任周老师是个又矮又瘦的老头儿。其实他不老，五十多岁，但因为长相显老，所以同学们都认为他是个老头儿。

许川把他不能上重点中学的事告诉了周老师，周老师拍拍他的肩，说："是你爸爸一个人的意思？"

"不，我妈也这么说。他们说我们家太穷了，爷爷奶奶都生病，我们得齐心协力赚钱养家。"

周老师考虑了一下说："是啊，这事是有点难。你爸妈要养活一大家子人不容易。不过我想，我可以去做做他们的思想工作。"

许川很高兴，说："真的？"

周老师摸了一下他的头,说:"我试试看能不能说服他们。你想,我教了你五年,我的口才还行吧?"

许川笑起来,带着崇拜的神情仰望着他说:"当然行,我相信您。"

周老师哈哈一笑:"走吧走吧,我和你一起去。"

等周老师到许川家的时候,已是掌灯时分,父母刚从田里回来,他们看见周老师,显得有些慌乱,"您看,这家里乱糟糟的。"

母亲手忙脚乱地收拾着屋里的杂物。周老师说:"你们别忙活了,我只是来跟你们聊聊。嗯,孩子,你可不可以到外头去?我想,时间不会太久。"

许川站到院子里。天还不是很热,夜晚特别凉爽,很多小虫子朝着亮光飞舞。

不一会儿,周老师出来了,后面跟着许川的父母。周老师摸摸许川的头,说:"好好努力,为你爸你妈争光。"

父亲攥住许川的手,一直把周老师送出院子。母亲回头看了看许川,好像以前不认识他,要重新再认识一遍似的,她的目光里充满了兴奋,这使许川忐忑不安的心安定了些。

"老师说你是块读书的料,不让你读书就太可惜了,所以,我们全家人都愿意为你做出牺牲。"

许川低着头,听着父亲有些严厉的声音,心里充满了愧疚感。他们没日没夜地干活儿,而他却仍然要依靠他们的血汗钱读书。

"爸爸,我……不去读书了,我也要去干活儿挣钱。"

"那你老师不是白上咱家来了?书呢,还是去读。不过,你也得为这个家做贡献。明天,我跟你大林伯去说说,让你在开学前到他的建筑工地找份活儿干。"

每天天不亮,许川就起了床。母亲说:"娃啊,天还早呢,再睡会儿吧。"

许川说:"我去挑水。"

河在远离村子的小金沟,许川担着两桶水静悄悄地走到周老师的院子里,又静悄悄地把水倒进水缸里。周老师的两间矮房子黑咕隆咚的,只有风吹得门前的树枝"哗啦哗啦"响。许川想到周老师早晨起床看到满缸水时的惊讶神情,不由轻轻地笑了。

那天早晨,许川又往周老师家挑水的时候,发现水缸里的水满着,水缸盖上压着一张纸条,上面似有字迹。借着淡淡的晨光,周老师工整的字迹映入眼帘:孩子,我知道是你往我家挑的水。你正是长身体的时候,工地干活儿又辛苦,要多休息,下次不要挑水来了。这袋干粮带上,给你在工地干活儿吃。许川用手摸了一下,袋子还是热的。

许川离开周老师家,走出很远很远的时候,他回头看了看,见周老师家的灯亮着,许川想:黑暗中,又矮又瘦的周老师一定倚着门看着自己行走的方向吧。想着想着,泪水模糊了他的眼睛。

丢失的初吻

○纪富强

十四年前，我在警校念书。

第二学期上摄影课，着重掌握对痕迹物证的拍摄和取证。除了打枪，恐怕把玩精密相机就是当时最令我们兴奋的事儿了。

我们三五成群，自愿结合，去操场、去树林、去工厂，甚至去坟头、去臭水沟，制造假定现场，然后练习拍摄。

我和大民一组，练习得相当顺利，并且利用剩余胶卷，互拍了一些自以为很福尔摩斯的照片。

接下来，就轮到上冲洗课了。

这课更为简单，听教官说就是去暗室里，亲手用显影液冲洗出照片，然后找出差距，弥补不足。

大家跃跃欲试，排好队伍，叽叽嘎嘎走进亮着日光灯的暗房。

随即，教官制止了所有喧哗，开始强调课堂纪律：

"从现在开始，所有人一律不得说话。要迅速自行分组，找好显影罐、卷片盘、温度计、量杯、夹子、裁刀等必备工具，等待我的口令！"

教官说完，暗房里立即响起一片叮叮咚咚的响声。我仍和大民一组，我抱相机，他拿工具，很快准备完毕。这期间，大民随口向我说了句："可惜了，还有几张底片没照完。"

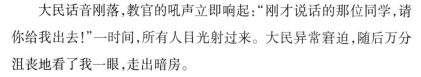

大民话音刚落,教官的吼声立即响起:"刚才说话的那位同学,请你给我出去!"一时间,所有人目光射过来。大民异常窘迫,随后万分沮丧地看了我一眼,走出暗房。

这下,没人再敢说话,纷纷蹲下准备开工。暗房里迅速沉寂。

"有事情,可以打报告!谁再敢违纪,看我怎么收拾他!"素有"野兽"之称的教官再次放出狠话,随后"吧嗒"一声关掉了屋里的灯。

意外,就在这一刻突然降临。

灯光倏地熄灭,暗房霎时陷入漆黑的深渊。所有人眼前模糊一片,女生们下意识地发出一声"啊",与此同时,有只手紧紧抓住了我的胳膊。

那是一种我一辈子都不会忘记的黑暗,无边无际,如潮浪涌;让人孤独,让人胆寒,让人惊恐,让人窒息,让人晕眩,让人仿佛一下子从人间坠落到地狱。

我迅速攥紧了胳膊上的那只手。它一直都在抖,直到这时我才明白身边是个女生。两只手也越攥越紧。

我们都以为能逐渐适应黑暗,可我们错了。我们毫无心理准备,苦撑的结果反而像溺水的人,等来的是加倍的绝望。专业暗房毫无光线,加上周围死寂一片,既潮湿又阴冷,我们这时才悟出冲洗课的真正含义,它挑战的竟是人的心理极限。

有抽泣和压抑的呻吟低低地传出,有急促的喘气声在胸腔里呼啸。就在我也感到快要崩溃的时候,怀里突然多了一个温热的身体。我来不及多想,一把抱紧,嘴角已触到了一张薄透冰凉的唇……

我不骗你,那是我的初吻。

在这之前,我曾和童年的异性伙伴亲过嘴。但那不一样。这个吻,让我第一次洞晓了舌头除去吃饭以外的天大秘密。

原来,舌头也能握手,能拥抱,能舞蹈,能飞翔,能燃烧,能在惊恐陷落中进行救助,能在天崩地裂时实施救赎,能让人不知不觉地从地狱飞升到天堂。

"大家注意了,开始冲洗!"

黑暗中教官的话,忽然像道狰狞的闪电,霎时将我怀中的身体夺去。我甚至还没反应过来,下意识慌忙端起相机,却又不得不无奈地垂下手臂。我知道,大民相机里还有胶卷,可如果我摁动了快门,同学们的底片将就此报废,而等待我的也必定是教官的一顿训斥。

她就这样消失了,我的天使。我舌尖上还留有她淡淡的芳香,怀抱里还留有她微微的余温,可我竟然不知道她是谁……

出了暗房,大民翻看着照片表示很满意,但我低落的情绪让他很意外。

"我又没怪你。看,脚印真清晰,我俩多帅!"

我走神了。我的大脑、眼睛、鼻子、嘴巴、毛孔,无时无刻不像猎犬一样四处焦急地窥探着。全班共有八名女生,到底会是哪一位呢?

从外表上,完全看不出来。她们一回到阳光下,就立即举起照片遮挡住强烈的光线朝宿舍跑去。她们每一个人的身段,都是那么优美。

我太痛苦了!说出来谁会相信呢?在女生贵如国宝且严禁恋爱的警校里,在我们性别严重失衡的班级里,居然有一个女生主动拥抱并亲吻了我!不管是出于什么原因,我们都曾经是最亲密的人。

从此以后,我守着这个秘密,始终都在小心翼翼地寻找着。八位女生,个头相当,身材匀称,各有魅力。每个人都像,可每个人又都不像。直到有一天,我沮丧地想到,对方会不会也不知道亲吻的是谁呢?

毕业那天,聚餐时都喝醉了。我单独到女生那桌敬酒,提议以一对八玩石头剪刀布的游戏,谁输了回答对方一句实话。结果,我最后输给了她们老大。老大借酒笑问:"我们八个人中,你最喜欢的是哪个?"

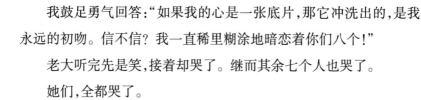

　　我鼓足勇气回答:"如果我的心是一张底片,那它冲洗出的,是我永远的初吻。信不信? 我一直稀里糊涂地暗恋着你们八个!"

　　老大听完先是笑,接着却哭了。继而其余七个人也哭了。

　　她们,全都哭了。

那年寒假

○蒿明霞

从记事起，我从没见过父亲。问急了，母亲就说父亲在很远的地方工作，说他很忙，没有时间来看我们。

母亲说这话时，将脸扭向一边，尽量往高处望，可我还是看到了她眼里的泪。知道心疼母亲后，我就不再问了，只是偷偷地盼着快快长大，长到可以去找父亲那么大。

记忆里，母亲对我说得最多的一句话是，不要拿别人的东西。母亲说话时低下头，肩膀一抖一抖的。后来我还是拿了别人的东西。

二年级下学期，我的铅笔刀不知被哪个同学拿走了，我随手将邻座胖二丫的铅笔刀装进了我的书包。母亲发现后，拿来做衣服用的尺子，朝着我的手不停地打，边打边对我吼，你怎么可以这样！你怎么可以这样……

我向二丫还铅笔刀时，手肿得已经拿不稳了。事后，看到偷偷躲到一边哭泣的母亲，我举着还未消肿的小手向她发誓，我绝不再拿别人的东西！

誓言被六年的时间浸泡得越来越轻，初中毕业后我又拿了别人的东西，是一条床单。这是一个连锁事件，我并不觉得有多大过错。同寝室不知哪个同学的床单丢了，他就拿别人的床单包裹了自己的物品,别人又拿了我的床单。等我整理完东西回家时,看着满床的物件直发愣,就顺手拿了一个同学的床单包起来,带回了家。

我怎么也不会想到,一条床单会激起母亲的万丈怒火,她疯了似的扑过来,拼尽力气甩了我几个响亮的耳光。看母亲还要打下去,我气极狠命地抓着她的胳膊吼,父亲在哪里?我要去找他!我不要再跟你过了——母亲一下子愣在那里,手不知不觉地放下了,她的嘴唇哆嗦了四五分钟,没有说出一句话。

晚上睡觉时,她犹犹豫豫地对我说起了父亲。

我出生的那年夏天,是父亲冰火两重天的日子。冰的是辛苦了一年的工钱在费县火车站全部被盗,火的是叔叔收到了北京理工大学的录取通知书。从父亲到家的那一天起,来客就源源不断。不太亲近的人来套近乎,亲近的人见到父亲当胸就是一拳,你他妈好福气,养了这么个出息的弟(爷爷和奶奶早年过世,叔叔是父亲一手带大的),儿子肯定也不会坏到哪里去。这一拳拳擂下去,就将父亲丢钱的不快擂没了。

很快就是该给叔叔准备学费的日子了。

快开学的那天早上,父亲悄悄地告诉正在收拾行囊的叔叔,别急,明儿一早,老哥就去费县给你拿学费,误不了你的。

第二天,父亲磨蹭到将尽中午,才踏上了开往费县的公共汽车,从此,再也没有回来。

事后听人说父亲在候车室里慌慌张张地拿走胖男人的手提包时,被发现了。几个血气方刚的年轻人没费多大力气就抓住了想在这里找回自己一年血汗钱的父亲。在挨第一拳时,父亲还死死地抱着那个包;等到拳脚雨点般将他砸翻后,他什么也顾不上了,只是用双手护着头在地上滚来滚去。

有个愣小子,感觉手脚打得不过瘾,不知从哪儿捡来一块半截的砖头,朝着父亲砸过去,正好击中父亲的头部,鲜血一下子冒了出来。围观的和动手的人一哄而散,那个投砖的小子早就跑得没了踪影。

傍晚时分,母亲和叔叔在民警的带领下,见到躺在费县第一人民医院的父亲。抱着不满四个月的我,母亲一下子跌坐在地上。叔叔狠命地摇着父亲的肩膀声嘶力竭地哭喊着:"哥——哥呀——"

父亲睁了一下眼,嘴里含糊不清:"我……不是……小……偷,我……想……拿回……自个儿的……"话没说完,头一歪,去了。

叔叔哭了一个星期后,将北京理工大学的通知书撕得粉碎。

两年后,费县警方破获了一个由叔叔组织的疯狂偷盗团伙。之前的七百多个日子里,除了民工和学生,每个经过费县火车站的旅客都尝到了被偷的滋味。

叔叔被带走时,抱着我亲了又亲,当着那么多人的面跪下来给母亲磕头:"我们家就剩下这一条根了,不管多苦,一定要带大他,不能让他再走弯路。"母亲说到这里,早已泣不成声。我更是如遭雷击。

那年寒假,我一下子长大了。

红　泥

○仲维柯

那天一大早,刚起床,妮儿就蹦蹦跳跳来我家,缠着我带她到西山脚下的"红泥沟"挖红泥。

我说:"暑假作业有好些没做呢,过些日子再去吧。"

爹说:"大清早就这么闷热,中午怕变天;还是挖黑泥吧,村头'大屋窑'就有。"

妮儿不乐意,嘴儿噘得能挂个油瓶。

妮儿的娘——隔壁花二婶也来了我家,拍拍我胖嘟嘟的黑肩膀,说:"有咱家男子汉保驾,不碍事儿! 吃过早饭,让俩孩子去吧,——这两天,妮儿就稀罕红泥捏的玩具。"

那年我在村里上小学三年级,妮儿小我3岁,还没入学。

记得娘对我和妮儿说,小孩子都是爹娘用泥捏的;妮儿是她娘用"红泥沟"的红泥捏的,而我是爹用"大屋窑"的黑泥捏的。想想也是,妮儿的小脸成天红扑扑的,像熟透的苹果;而我浑身上下黑不溜秋,像条不安生的黑狗。

吃过早饭,妮儿叽叽喳喳又飞到了我们这边的院子里。她脑后扎了两个朝天翘的羊角辫,穿着一身红格子裤褂,脚上一双绣花黑底条绒鞋,娘见了直夸她"真俊"。

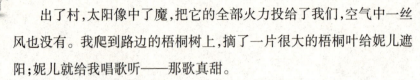

出了村,太阳像中了魔,把它的全部火力投给了我们,空气中一丝风也没有。我爬到路边的梧桐树上,摘了一片很大的梧桐叶给妮儿遮阳;妮儿就给我唱歌听——那歌真甜。

我说:"妮儿,你爹可真了不起!那次在学校听你爹讲了好些他在朝鲜打鬼子的故事。村里表彰大会上,你爹还戴了大红花……"

妮儿说:"还是你爹了不起——俺的病,要不是你爹给俺看,听娘说,俺早就死了。"

"可俺爹是'臭右派',经常戴上高帽子,脸上涂上黑泥在台子上挨人斗,丢死人了!"

"可俺爹说了,你爹是县医院最好的大夫,脸是黑的,可心红着呢!"

妮儿还跟我说,她娘昨天跟我的语文老师"二歪头"吵了一架,就因为"二歪头"说我是"臭右派"的儿子,一辈子也别想讨上老婆。

娘说了,你要娶不上媳妇,就让俺给你当媳妇。妮儿说到这里,脸红红的。

走完"羊肠子路",穿过"牤牛沟",再翻过那面"阴阳坡",就到"红泥沟"了——我和小伙伴们经常在雨过天晴的午后到那里挖红泥捏玩具。前几天下过雨,沟底应该还有新鲜的红泥。

爬"阴阳坡"时,妮儿不停地喘着粗气。我俯下身子想背妮儿,可她说不累。我便抓住妮儿的小手,拉着她往上爬。我们终于爬上了坡顶。

一块不大的乌云一下子遮住了太阳,空气的燥热开始渐渐减退。呼呼——起风了,天气变得凉爽起来。

"阴阳坡"下面就是"红泥沟",我和妮儿欢呼着朝"红泥沟"跑去。

又一大片乌云朝头顶聚拢来,远处似乎还有雷声。

"红泥沟"的沟底有巴掌大的一汪水,周围的确还有些红红的泥巴。我让妮儿站在沟底不远处的一块大石头上,便跑下沟去,两膝跪地,伸开那双小黑手开始挖起红泥来。

正挖得起劲,猛听得妮儿的哭声。站起身来,我这才发现,天上有很厚的云,那雷声也似乎更响了。我忙跑到妮儿跟前。妮儿说,刚才打了一个响雷,她有点怕。

我说:"别怕,拿上红泥咱就……"

没等我那"走"字说出口,一声炸雷在我们上空响起,接着便下起瓢泼大雨。

我大声喊:"妮儿,快往"阴阳坡"上跑,我去拿红泥!"

我三步并作两步跑到沟底。天,哪里还有我的红泥,刚才沟底那巴掌大的一汪水竟扩展成席子大一片。我回转身再朝妮儿站的那块大石头处跑去。可大石头竟然在雨水的浸泡下,松动,摇晃,最终载着妮儿滑到了沟底。

电闪雷鸣,大雨如注,我有生以来这才感到什么叫恐惧。

我哭喊着妮儿的名字,再往沟底跑去。妮儿双膝跪在水涡里,也正哭喊着我的名字。

我揽住妮儿的腰,架着她往沟沿上爬。可沟沿此刻也变得异常湿滑起来,我们爬上几米后,再次滑落到沟底。

看着沟里的水到小腿了,我揽着妮儿不停大哭。这时,妮儿反而不哭了,她大声喊:"沟那沿上有棵柏树,我们往沟那沿爬吧!"

透过急速的雨水,我发现沟那沿的确有棵树。我抓住妮儿的手朝那棵树的方向爬去。我一手拉着妮儿的手,一手摸索着周围的杂草充当抓手;妮儿也学着我的样子,另一只手也不停摸索着根系较大的草木。我们爬得很慢,以至于沟内猛涨的水都快没过我们的腰了。

距离那棵柏树越来越近了。

我感到妮儿的身体越来越重,仿佛她所有的重量就靠我这只手臂来支撑。我大声喊着妮儿的名字,大声喊着"树就要到了"。

当我另一只手牢牢抓住树干时,沟里的水已没过了我的大腿,没过了妮儿的胸脯。我抓住妮儿的手腕用力往上拉,妮儿身体渐渐向树干靠近,一米,半米……

"哗哗——"山洪汹涌而下,妮儿的手腕最终挣脱了我几乎要发麻的手。

"妮儿——"我的哭喊声随即被暴风雨淹没。

妮儿的尸体是第二天早晨找到的,浑身上下全是红泥。妮儿的爹说:"妮儿属于夭折少亡,不能入祖坟,就埋在"阴阳坡"上吧,也好让她天天有红泥玩。"

埋葬完妮儿,娘一病不起,三天没下床沿。这天花二婶来看娘,劝娘道:"大嫂,看来咱娃儿真是讨不上老婆的命,还是认命吧!"

一听这,娘骨碌一下坐起来,嚷道:"谁说俺娃讨不上老婆,这不,娃的媳妇在这儿呢!"

娘猛地掀开被子。

被子下,有一个用红泥捏的小人,那模样跟妮儿一模一样。

杨花落尽子规啼

○仲维柯

阳春三月，几阵南风吹过，房前屋后高高的杨树上便挂满了一串串红彤彤毛茸茸的杨花。缕缕春风，星点春雨，杨花便会扭动着轻盈的舞姿，走近你，拥抱你，亲吻你……这是一件多么可人的事情呀。可惜，这种沁人心脾的感觉已经永远定格在三十年前，在以后的岁月里，它留给我的全是酸楚凄凉和不尽的怀念。

打开我记忆的档册，最先存入的，不是娘和爹，而是整天叽叽喳喳、欢快雀跃、头上扎有"朝天翘"小辫的杨花姐——她是邻居麻子杨伯抱养的的女儿，长我三岁。

麻子杨伯一辈子没有讨上老婆，杨花姐是他 38 岁那年抱养的。听爹说，那年，杨伯的老娘已病入膏肓，老人家见儿子娶妻无望，便在病床上托娘家弟媳办了这件事。孩子抱来，老人看了一眼就离开了人世。

我家和杨伯合住一大杂院，我们住东屋，杨伯住西屋，堂屋住着任、王两家，南屋则是生产队的仓房，乱七八糟放了些集体的杂物。听爹说，这里原是村里老地主家的主房屋，我们这些人是土改后住进来的。

从某种意义上讲，我是杨花姐带大的。那时，生产队集体劳作，青壮劳力是不允许待在家里带孩子的。就这样，偌大的院子里大部分时间只有我和杨花姐（当时，任、王两家没有小孩）。四五岁的我是照顾不了自己的，一会儿吃东西喝水，一会儿又上茅房，这些都由杨花姐领着我。更多的时间，杨花姐教我唱儿歌，什么《小木碗》《小小虫》《小黑妮》，她会的儿歌可多了。有好多时候，大人们都放工回来了，我们还唱不完呢。娘每次都说，整天价唱，也不怕吼哑了嗓子。

最妙的是在春上跟杨花姐捡杨毛虫（杨毛虫，即杨花，那可是我儿时上等的美味佳肴）。她一手扯着我的小手，一手挎着竹篮，哼着歌，蹦着跳着就到了村西的小树林。那里捡杨毛虫的人可真不少：老的、小的，就连在附近劳作的壮劳力，也趁中间休息的时间加入了这"淘宝"的行列。我们两个小不点跟在人们屁股后面，自然没有什么大收获，只会捡些别人不愿要的老毛虫。不过也有幸运的时候，一阵劲风吹过，那挂在高高树枝上的鲜嫩的毛虫便会随风而落，下上一阵"毛虫雨"。每到此时，我都会在杨花姐旁边尖叫不停："姐，这个大的！姐，看那个多大！……"

九岁的杨花姐该上学了（当时的农村孩子上学晚，大都九岁才上）。可杨伯对爹说："你们家娃儿没人照看，就让花儿晚两年上学吧，反正就图识个字，也晚不了。"对此，娘特感激，用掉了家里所有节省下的布票，给杨花姐做了身花衣服。

穿了花衣服的杨花姐真俊，高高的个儿，红红的脸蛋，两条朝天翘的小辫子宛若两只调皮的小鸟。我总是对娘说："将来我要讨杨花姐做媳妇儿。"

我八岁那年，杨花姐和我一齐上了村里的小学。那时的杨花姐个儿更高了，几乎到娘的耳朵梢，胸脯似乎也高了许多——娘说："你杨花姐快成大姑娘了。"

新年过后，老鼠忽然猖獗起来，猫、老鼠夹子都无济于事，大队只好在公社防疫站买了些老鼠药，并分到各小队。

我们队都到队里仓房领老鼠药。那天，发药的是仓库保管员二赖叔，这人油腔滑调的，很不招人待见。等到我和杨花姐领老鼠药了，二赖叔不急着拿药，却瞪着大眼上上下下瞅杨花姐，嘴里不停说着："这闺女可真俊，杨麻子福气真不浅！"杨花姐狠狠瞪了二赖叔几眼，接过老鼠药，转身走了。二赖叔没有紧接着给我拿老鼠药，而是跟身后的几个看热闹的老光棍聊起天来，他们嘻嘻哈哈说着什么"猫"，什么"腥"，什么"老牛"，什么"嫩草"的，让人实在闹不懂。

那是一个早春的午后，清风习习，太阳暖暖，是入春以来很难得的好天气。操场上，我们几个男生女生做"找朋友"的游戏，原则是一个男生唱着跳着找一个女生做朋友，随后女生再跳着蹦着找男生做朋友。我想找杨花姐做朋友，可惜被另一个女孩"抢"了去。最后，就剩下杨花姐和二赖叔家的小明。哪料，小明噘着嘴不干了——

"俺爹说，你是你爹养的小媳妇，俺不跟当了小媳妇的人交朋友！……"

"哇——"杨花姐捂住脸，疯也似的朝家的方向跑去。我随后紧紧追赶杨花姐，可追到半路，猛想到"要上课了"，便停住了脚步。

我是在傍晚放学回家才知道杨花姐出事的——满院子的人，杨伯抱着已经断气的杨花姐，坐在地上撕心裂肺地哭——

"花儿——爹这光棍男人，不该抱养你，不该抱养你呀！爹害了你呀！爹害了你呀！……"

爹娘蹲在杨伯旁边，紧握住杨花姐的手，满脸的泪水。

目睹这一切，9岁的我竟木然地站在一边，耳膜里似乎传来布谷鸟啼血般的哀鸣。

杨花姐是服了老鼠药死的——整个下午我们院子里没有其他人。

为了送杨花姐，我两天没有上学。到第三天，正赶上老师教李白

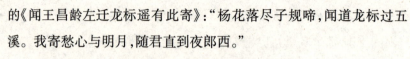

散养的天使

的《闻王昌龄左迁龙标遥有此寄》："杨花落尽子规啼,闻道龙标过五溪。我寄愁心与明月,随君直到夜郎西。"

那诗,我至今还能诵读出大滴大滴的眼泪来。

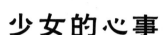

少女的心事

○六六

　　娜莹是个十四岁的韩国女孩,刚刚跟我学汉语。

　　小丫头雪白干净,水灵得如剔透的水晶。看到她我便不再怀疑韩国电视剧里怎么那么多俊男美女了。她就那么往你面前一站,你就能感受到"六宫粉黛无颜色"的魅力。眼睛像卡通片里的女主角般一下一下忽闪,还带着探究的好奇,嘴角总微微向上翘着,两个非常甜美的小酒窝若隐若现,如她的名字般带着盈盈的笑意。

　　我们上课的时候很随意,吃着她母亲精心准备的糕点,喝着咖啡,有一句没一句学着中文。我了解她母亲的心思。她家是豪富之家,女儿学点什么不重要,反正以后是要嫁入豪门的,重要的是履历,一拿出去,哇,学过这么多这么多东西!不过是为以后待"嫁"而积累资本。据她自己说,乐器她学过笛、钢琴、小提琴、箫;语言她学过西班牙语、法语、日语,现在又加上中文。

　　我听过她吹笛,姿势一摆,简直像画中人,可是吹来吹去就哆咪。也听她说过日语,说老实话,还不如我会的多,我在大学只修过半年,连平假名片假名都分不太清。

　　我很喜欢娜莹,就因为她那种漫不经心,拿着笔边听我讲课边在纸上画呀画的,如描图般写着汉字,竟然有点工笔画的意思,描得周正而写意。

“老师,你知道什么是爱吗?”那天,她突然抬起杏眼问我,若有所思,还略带与年龄不相称的苦楚。我一望便知小妮子思春了,有话要说。

“知道的不多,你说说看。”我笑着鼓励她。

别别扭扭,吞吞吐吐,她诉说了个委婉曲折的爱情故事。

“学校里有个男生,我好喜欢他啊!他脸上有一道疤,特酷的样子。他很滑稽的,可以一口吃下这么大一块蛋糕,还能吹非常非常动听的口哨。”她用手在空中画了个大圆圈,让我觉得这男孩子像难民。“他知道你喜欢他吗?”我问。“知道啊!我们都约会过了,他带我去海边溜直排轮,很酷的样子。”“不错啊!”我饶有兴趣。

“可是,他把我妈妈得罪了,我妈妈不喜欢他。昨天他打电话来找我,冒充美国孩子说英语,却被妈妈听出他是韩国孩子,非常生气,觉得他蓄意隐瞒,没安好心。妈妈不许我和他交往。”娜莹噘着嘴巴的样子都那么好看。我大笑,想起自己上初中的时候,班里一个小胖子仰慕我,捏着鼻子打电话到我家冒充女孩找我,被我母亲一顿臭骂的情景。历史怎么这么多年都没有前进?

“那你就告诉妈妈你把他当好朋友,请妈妈放心,不会发生什么,妈妈会原谅他的。”我建议。

“不行!我妈妈说过的话不许更改的,她已经说了,如果再见他就不给我零用钱了。”嗯,这的确是个严肃的抉择,已经到了要爱情还是面包了。

“要不,你偷偷在学校见他,回家以后不联系?”我出馊主意。爱情这东西,我懂,尤其是少女的爱情。你说臭的她一定觉得喷香,你越管束她越想偷尝,搞不好真要出事。想当年我十五岁时看上今天的情郎,大家都说不妥当,我却一往无前。如今大家都夸他是当代好儿郎,我却寻思当年怎么不听家长的话,闹成今天这模样——成为他一辈子的奴隶了。瞧见了?这就是压迫的下场。

"莹莹啊,这么跟你说吧。爱情这东西不是一成不变的,你现在的喜欢,与你以后的爱是不同的。现在你喜欢他,是因为他酷,因为他滑稽,因为他让你开心。但等你二十岁以后,你再回头看看,那只是一段小孩子的恋情。那时候再恋爱,你会希望他是一个可以依靠可以照应你的人。所以,我并不担心你今天到底是不是真喜欢他或会喜欢他多久。我不对你说不可以,反正说了也没用,你继续好了。不过,我要强调一点:可以牵手,不可以接吻;可以结伴游玩,不可以身体接触,尤其不能让他接触你的这里。"我指了指她的胸部。她脸大红,说:"哎呀,你说什么呀?"

我说:"我是认真的,小姐。你不希望跟他有孩子吧?"她大声抗议:"当然不希望。"

我说:"既然不希望,就不能有亲密接触,不希望和不发生是两回事儿,很多事情的发生不由你控制,所以这个底线你要坚持,其他的玩乐,你快乐就好。直到有一天,你遇见一个男人,非常渴望和他能有一个孩子的时候,你就可以和他亲密拥抱了。答应我?"

娜莹轻巧地就答应我了,也许在她心中,喜欢还没有滑翔得那么远。

按照我的嘱咐,娜莹用我的手机给男孩打了个电话,让他次日打电话来跟母亲诚恳道歉,实话实说,只说自己怕责备而表现拙劣,请伯母原谅。

适当的时候,我要和娜莹的母亲谈谈"顽劣少女的教养",希望金太太能够敞开胸怀,接受家有"麻烦"初长成的现状。

也许,这种麻烦,最少还要延续十年以上,直到有一天,一个温文尔雅的男子牵着女孩戴着白手套的纤手,将一颗钻戒如同给野马套缰般套在"麻烦"的无名指上。

少女的心事

带套理发工具上路

○明前茶

十七岁的女孩将出国，家中四位至亲浩浩荡荡送她到浦东机场。天空阴沉，细雨霏霏。行李六大包，做长辈的都舍不得让那孩子拎到托运柜台，但所有的人都明白，只要到了加州转机，这六件沉重的行李，将由这势单力薄的女孩子一个人连拉带拽，去另一个托运柜台，随她转机去纽约。

从此，孩子在天涯。

等在候机大厅的这两个小时，对孩子的父母来说，可能是一生中最漫长、焦虑和英雄气短的两小时，空气中充满了小心翼翼的僵持感，问话的人尤其蜻蜓点水，只用最短的句子，好像生怕某个带感情色彩的长句会勾出不舍的眼泪，让这场告别变得不可收拾。孩子的妈妈一直缄默不语，只有爸爸和女儿间或交谈几句，说的也是说过几百遍的话："事到如今，已经来不及后悔。"

"我从来没有后悔过。"

"都准备好了？没落下啥东西？"

"没落下，连那套理发工具都带上了。老爸，你还不相信你女儿的适应能力？"

这个年纪的孩子，若英语倍儿溜，走的时候都像赛马出了栅栏，觉得等会儿整个世界的人都会为她起立鼓掌。我留心到一个小细节：这孩子通过登机通道时，就没有回一下头。

这是一场注定不对等的目送，去的人满怀憧憬，送的人失魂落魄却强作镇定。我目睹那个当父亲的默默拥抱妻子。中国人，也只有在这等"生离"的当口，才懂得用身体语言安慰人吧。我听到他反复说："她连理发都会了，你还担心什么？据说中国学生会炒一大碗蛋炒饭，就能在美国把五湖四海来留学的同学都震住。"

当妻子的破涕为笑："看看你的头发，你女儿这手艺，能算出师了吗？"

我这才注意到那位父亲一身儒雅装扮，头发却理得像小兵张嘎——两鬓青白，几乎露出头皮，中间部分的头发却像芦苇一样茂盛，垂下来的刘海儿像一个桃子尖。"看你说的，女儿不拿我这脑袋当冬瓜练手，拿谁的脑袋练手？你还说我，你看看你这狗啃样的刘海儿……"

妻子拨开他的手，嗔道："你不懂，这种犬牙交错式的刘海儿是今年的大热门。你没有翻过时尚杂志呀？T台上的名模，都是花了五百美金才剪出这种调皮的效果的。"

一旁站着的舅妈还是姑姑，目睹这场笑中带泪的悲喜剧，只顾抹泪，接不上话。一语未了，做妈妈的忽然开始沿着候机大厅的落地窗奔跑，原来她看见停机坪的那头，接驳车已经在下客，她想离近些，看着她的孩子登机，看看她有没有回头张望。

果然看到那女孩子，登机时开始犹豫，甚至往下跑了几级，往这边看。当妈妈的明知她听不见，却仍然拼命敲打玻璃幕墙，几乎引来了保安。然后那孩子似是硬起心肠，迅速钻入飞机肚，不见了。

两分钟后，爸爸的手机有震动，孩子关机前的最后一条短信到了，当爸爸的念给所有的家人听："虽然前程未卜，但是爸爸妈妈，别忘了

　　这两个月中，我学会了洗衣、做饭、修剪草坪，学会了拆洗被褥和窗帘，摆摊卖书，烘烤西点，以及给你们理了最难看的头发，我将凭借我短期培训获得的技能去应对所有的困境。请发笑脸给我，我只需鼓励。"

　　我目睹所有送行的亲人都掏出手机发笑脸给那女孩。这精神上的断乳是如此困难，就如同心上有血肉做的绳索被生生拽断，但，这一天终将到来，到了那一刻，请不要哭着走，一定要笑着走。

林子的日记

○邱成立

林子其实不是一个笨孩子。

上一二年级的时候,他的学习成绩挺好的,每次考试都在九十分以上,有几次语文还得了一百分。

可一到三年级,林子的学习成绩就上不去了,上不去的主要原因是不会写作文。上三年级的时候,林子的语文老师换了,换成了一个刚刚师范毕业的小伙子。第一次写作文,年轻的师范毕业生在黑板上潇洒地写上题目,说了句:"写吧,下课后交齐。"就坐在讲台上看起了报纸。别的同学愣了一会儿之后,都开始低下头在本子上写起来。只有林子一个人坐在那儿继续发愣,他不知道该往本子上写什么。

快下课的时候,年轻的语文老师放下报纸,走下了讲台,在教室里四处巡视。转到林子跟前的时候,老师发现林子的作文本上还是一片空白。

老师问林子:"你为什么不写?"

林子摇摇头:"我不会。"

老师又问林子:"那么多同学都会写,怎么就你不会?"

林子想说,很多同学都是在抄作文书。可张了张嘴,林子又把话咽了回去,林子发现很多同学都在用一种奇怪的眼神看着他。

林子当然知道,他们怕自己揭了他们的老底儿。

于是,林子就没有说话。

老师抬起头,一双眼睛在教室里巡游了一圈,看大家都在认真地写作文,又问林子:"那么多同学都会写,怎么就你不会?"

林子还是没有说话。

从年轻的语文老师嘴里,轻轻地吐出了两个字:"笨蛋。"声音虽然很轻很轻,可在寂静的教室里却传得很远很远,班里的同学都听得清清楚楚。

眼泪一下子就从林子的眼睛里流了出来。林子什么也没有说,只是用力地咬了咬下嘴唇。

从那以后,林子的语文成绩就再也上不去了。

上四年级的时候,林子又换语文老师了。这是个漂亮的女老师,林子很喜欢她。林子发现,漂亮的女老师也很喜欢他。林子想:老师一定不知道自己的语文成绩不太好,也不知道自己不会写作文。要是知道了这些,老师还会喜欢我吗?林子的心里没底儿。林子想:我一定要把作文学会,一定。

开学没几天,语文老师给同学们布置了一个任务:写"接龙日记"。林子觉得很新鲜,长这么大,他还是第一次听说接龙日记。老师说,接龙日记就是两个人或三个人共用一个日记本,轮流写日记。漂亮的语文老师还说,每个人在写日记前,一定要读一下前面同学写的日记,并根据内容给前面的同学写几句话。语文老师最后说,她也要和同学们一起写接龙日记。更让林子觉得幸福的是,老师特意把林子和她分在了一组。和他们一组的,还有林子的班长——班上作文写得最好的。

接龙日记先从林子那儿开始写。林子手捧着老师送给自己的崭新的日记本,想了半天也不知道写什么好,最后只好工工整整地写上:

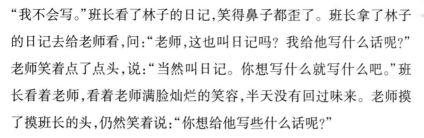

"我不会写。"班长看了林子的日记,笑得鼻子都歪了。班长拿了林子的日记去给老师看,问:"老师,这也叫日记吗? 我给他写什么话呢?"老师笑着点了点头,说:"当然叫日记。你想写什么就写什么吧。"班长看着老师,看着老师满脸灿烂的笑容,半天没有回过味来。老师摸了摸班长的头,仍然笑着说:"你想给他写些什么话呢?"

班长想了想,在日记本上写道:"你真是一个大笨蛋。"

班长写完这句话,又把日记本交给了老师。该老师给班长写几句话了。漂亮的语文老师拿起笔,在日记本上写道:"不要骂人。不会就是不会,林子很诚实,应该得到表扬。"

日记本又传给了林子,林子看了看班长和老师写的那些话,心里好像打翻了五味瓶,什么滋味都有。林子想了想,在日记本上接着写下去:"我不笨。我不会写作文,是因为我不想从作文书上抄人家的。"班长接着写道:"诚实当然是应该表扬的,但不等于林子就不笨。我想了很久很久,也没有想出来林子什么地方比别人聪明。"

日记再一次传到老师那里。老师看到了林子的第二篇日记,脸上的笑容更灿烂了。她拿起笔在日记上写道:"林子,你能说一说,你什么地方比别人聪明吗?"

日记第三次传到林子的手里,林子认真地看了看班长和老师写给自己的那些话,忽然觉得心里有许多许多话要说。林子激动地拿起笔,颤抖着在日记本上写道:"老师,我真的不笨。你还记得昨天的运动会接力赛吗? 根据其他几个组各棒运动员的实力,我建议你重新排列了咱们班一到四棒运动员的顺序,结果咱们班得了第一名。你问我怎么想到这个主意的,我说是从田忌那里学来的。你当时拍着我的脑袋说:你很聪明嘛! 还有一次,班长的自行车坏了,好几个同学帮他修,都没有修好。最后是我用铁丝取代了螺丝帽,自行车又能骑了。班长也说我真聪明呢! 还有……"

班长看了林子写的日记,想起了那次修自行车的事,他的脸红了。

老师看了林子写的日记,高兴地说:"林子,你学会写日记了。"

二十年后,林子成了著名的儿童文学作家。母校请他去给全校师生作报告,林子坐在主席台上,看了看台下的几千名师生,又看了看坐在自己旁边的依然漂亮但早已不年轻的语文老师,眼圈不知什么时候变得红红的。林子想了想,说:"在作报告之前,我想给大家讲一个真实的故事,故事要从写日记说起……"

最浪漫的事

○李忠元

和梅子背靠着背坐在地毯上,听着赵咏华那首轻柔舒缓的歌曲:《最浪漫的事》,李默心里的幸福感,如惊涛骇浪似的涌动。

这首歌是李默和梅子的最爱,听着这首歌,他们总是被那优美的旋律带回自己美好的青春期。

那时,梅子是李默的高中同学,和他前后桌,但斜对着,因此隔了一段距离。坐在教室的一角,李默渐渐地发现了一个令他怦然心动的秘密——他总能和梅子温情的目光相遇。虽然只是那么一瞬间,梅子娇媚的面容却仿佛羞涩绽放的一枚花骨朵,李默的心顿时跌入了她心河的柔波里了,沉迷而陶醉。

这样时间一长,李默不再单纯贪恋梅子温柔的秋波,竟蠢蠢欲动起来。

一天,李默终于按捺不住,在梅子回家的路上堵住了放学回家的梅子,红着脸,颤抖着双手把一封情意绵绵的情书交给了梅子。

李默怀着一颗忐忑的心,度过了一个个不眠之夜,他不知道梅子见了那封信会怎么想,会不会一口回绝自己!

李默忍受着心里的折磨,痛苦异常。

让李默没想到的是:梅子的父亲竟然来了。

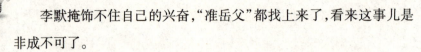

李默掩饰不住自己的兴奋,"准岳父"都找上来了,看来这事儿是非成不可了。

没想到梅父一脸严肃,坐在桌子对面,开了腔:感谢你爱我女儿,不过我要郑重地告诉你一件事,我家梅子眼睛患有一种斜眼病,她坐在那里,一般斜前方的人都以为在看他,其实并不是这样的。

李默顿时瞠目结舌,大脑一片空白……

梅子貌若天仙,明眸善睐,李默根本就看不出什么破绽,所以对梅父的话严重怀疑。

这次谈话之后,李默真的掩藏起自己的情感,一门心思地学起习来,果然学习成绩如芝麻开花——节节高。

梅子也总是躲避着李默,她坐在李默的斜后方,总是把自己的拳头握住,并支在太阳穴上,刻意挡住自己的视线。

李默看不见梅子的目光感到特别地失落,只得把心思放在学业上,在学习成绩上和梅子暗中较劲。

一转眼李默和梅子都参加了高考,梅子考上了边城一所大学中文系,李默却不声不响地去了同城的医学院,俩人竟然咫尺天涯,始终未见。

时间如白驹过隙,四年后大学毕业,梅子给学生上课时却接到了一纸通知,让她到边城医院检查视力。

医院的例行检查吧!梅子心里默念了一下,没有多想,趁周六休息就过去了,可刚走进预约的眼科她就惊呆了。

李默穿着白大褂,显得脸上更加白净,儒雅地坐在办公桌后。

梅子顿时明白了为什么一直爱好文学的李默却报考了医学院,原来他去学了眼科啊!

你的眼病怎么样了?李默牵起梅子的纤纤玉手,还是禁不住关切地追问。

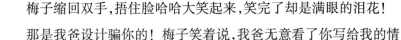

梅子缩回双手,捂住脸哈哈大笑起来,笑完了却是满眼的泪花!

那是我爸设计骗你的! 梅子笑着说,我爸无意看了你写给我的情书之后,说我们那时的年纪小,考虑爱情为时尚早,为了保护你的尊严,爸爸决定找你面谈,想一盆凉水浇熄你的爱情之火!

这次见面之后,李默开始对梅子进行了积极的进攻,梅子也终于缴械投降。

后来,梅子和李默结了婚,两人相亲相爱,一直到霜染白发。

老了老了,他们更爱回忆过去了。

一回忆起那些过往的岁月,梅子仍旧激动得一把鼻涕一把泪的。

不过也太残酷了些,把爱好文学的浪漫青年硬逼成了一个眼科医生! 梅子最终还是笑着,用手擂了一下老头子的后背,补充说。

李默抚摸着自己的满脸皱纹,也开心地笑了,笑自己曾经的年少轻狂!

转　学

○慧萍

　　林杰从没想到,有一位老师,会说他很棒!

　　那天下午,云淡风轻,一尘不染的校园里挂着很多条横幅,大致的意思是欢迎邻校的老师来校讲课。林杰所在的302班的同学们,也都在翘首以盼。这是一堂写作课,内容是写写父母对自己的爱。听说,县电视台还会来拍电视呢!谁不想好好表现呢!

　　可是,这一切好像和林杰没有关系! 他是一个公认的差等生,特别是作文就更不用说了。在课堂上只要不拖后腿就万事大吉啦! 语文老师已经打过几次招呼了:"林杰,一会儿上课你千万不要说话,也不要举手回答问题!"

　　上课了。邻校的老师满面笑容地走上讲台,她自我介绍说她姓吴。同学们的眼睛都像聚光灯一样投向了吴老师。她的声音温柔极了,细听,像极了央视少儿频道的月亮姐姐。

　　同学们都沉浸在吴老师的声音里了。这堂作文课,和自己班的语文老师上的截然不同。语文老师讲的写作知识,严肃,呆板,让人从云里跌到雾里。吴老师则不,她讲的内容生动且有趣,同学们一下子就记住了。吴老师提的问题好像都很简单,林杰会的都有好几题呢! 当吴老师问哪位同学能用一个简单的事例说一下父母对自己的爱时,很多同学都举手发言。大多同学都说自己生病了,爸爸妈妈半夜背着自己上医院。最后,吴老师说,还有没有同学想说说? 林杰一下子坐不住了! 他刷一下举起了手。

终于,吴老师发现了坐在角落里的林杰。林杰第一次在众目睽睽下站了起来,自然很紧张,说话也就结结巴巴起来。

"有……一次,我……拉肚子……"他的脸憋得通红。

"哈哈哈,林杰这么大了,还拉在身上!"教室里,一片哄堂大笑。

"没关系,慢慢说,老师相信你是最棒的!"吴老师温暖地望着他。

"那次,妈妈一天为我……为我换了好几次衣服,妈妈不怕脏!"林杰已经说得很流利了。

"妈妈也不怕臭。我问妈妈,是不是你的鼻子坏掉了? 妈妈笑了!"说完,林杰不知道是激动还是咋的,他的眼里竟蓄满了泪水。

"妈妈的'鼻子坏掉了'。多好的语言,多么细腻的爱! 这就是我们的妈妈呀! 这位同学,你真棒! 今天的作文课,数你的问题回答得最好!"吴老师带头鼓掌,教室里响起了热烈的掌声。同学们都向林杰投去了佩服和羡慕的目光。

下课后老师说:"我在一小教三年级一班,欢迎同学们来我们学校做客,到时可一定要去找我哦! 记住了吗? 我姓吴!"说完,又温暖地看了一眼林杰。

林杰好长时间都回不过神来——原来,自己也很棒! 可是,在自己班上的老师眼里,他仍是一个差生,丝毫没有改变。他仍旧坐在最角落的位置,作业本上仍旧是大红的叉叉,作文评语上仍旧是一个鲜红的"阅"字。

那天回到家里,他战战兢兢地对爸爸说,他要转学,转到一小的一班去。

爸爸很是激动。其实,他早想给林杰换个环境了,只是怕林杰不同意。没想到,今天,林杰竟主动要转学。

爸爸的朋友多,林杰的转学变得很容易。

9月1日,新学期的第一天,林杰顺利地坐在了一小401班的教室里。

陌生的校园,陌生的班级,陌生的同学,可林杰一点都不感觉到孤独,因为,有吴老师在啊!想想吴老师的目光,林杰的心里就变得温暖起来。

终于,等来了吴老师的语文课。

可是,吴老师却看都没有看林杰一眼。她一脸的严肃,声音也不像那堂作文课上那样温柔甜美。林杰试着举了几次手,吴老师都没有发现他!

林杰心里空落落的,像突然弄丢了一件自己珍藏了很久的礼物一样。

课后,班上的同学在嘀咕着,吴老师不是说要调到二小去吗?怎么还是她来上课!太没劲了,我要叫我爸爸为我转学。

啊!一下子,林杰又好像从云里跌进了雾里。

1973年的"大黄狗"

○陈荣力

1973年我读小学四年级,学校实行开门办学,于是镇西边那片麦浪滚滚的田野,便成了最宽敞的教室。

那时,我们那个小镇还没通汽车,摩托车算是稀罕物。记得班上有个绰号叫"地主"的同学,姐夫在县城邮电局送电报。一天深夜,他骑着一辆如"中弹野猪"一般嚎叫的摩托车探望丈母娘。第二天,全班同学一下子将"地主"团团围住,打听那个会嚎叫的东西长啥样。偏偏"地主"是个智力一般又不擅描述的家伙。于是在他的嘴里,摩托车一会儿是插翅腾飞的猛虎,一会儿又如蹒跚喘气的老牛。由此害得我们许多男同学患上"思摩病",大有不亲眼目睹一回死不瞑目的架势。

虽然我们只是小学四年级的学生,但开门办学中,很多农活儿也得真刀实枪地上阵。记得是秋天,大豆已经收割,田野里那些枯萎干黑的豆秆要我们去清理。拔豆秆是一件力气活儿,起先大家都还卖力,时间长了便消极起来。有趁直腰的工夫,歇息一会儿互相打闹的;有借往返的机会,坐在路边故意磨蹭的;也有借撒尿,一去半天不归的。疲惫和懒散里,不知谁喊了一句:"快看!快看!"众人抬头,但见西边的大路上迅疾地卷起一团尘埃,那尘埃的前面是一件快速奔驰着的土黄色的"什物"。"大黄狗！大黄狗！"眼尖的同学叫。"哪有跑得这么快的大黄狗？"不少同学反对。"是摩托车，摩托车！""对，是摩托车！"许多人大声地喊起来，"地主"喊得最响。可惜当我们定睛再看时，那土黄色的"什物"，已裹着一团尘埃，在我们眼里消失了。恰在此时，借口小便走出田头、绰号叫"斑马"的文体委员回来，见大家如此亢奋，迫不及待地询问。得知刚才开过去一辆摩托车，自己错过没见着，"斑马"肠子都悔青了。此后好长一段时间，大家的幸灾乐祸和"斑马"的痛不欲生，成为我们班级一个最开心的话题。

就在这个话题慢慢淡下去的时候，一个石破天惊的消息惊骇了我们整个学校——三(2)班外面的墙壁上发现了一条反动标语。顿时整个学校陷入了一片极度的恐慌之中，每个同学都被留在教室不得走动。两小时以后，两名身穿警服的公安人员来到了我们学校。我们被要求每人在发下的一张白纸上写下两排字："打倒×××"，"毛主席万岁"。我知道这是对笔迹，虽然自己不是"作案者"，但心里还是莫名地恐慌。

笔迹很快对出来了，令人想不到的是，那反动标语竟是"斑马"写的。在开了全校批斗大会后，"斑马"被开除了学籍。"斑马"离开学校的那一天，我们才知道，他之所以要写反动标语，是听了他家隔壁一个老头儿的话："要看大黄狗？那还不容易，只要写上一句……公安肯定会开着大黄狗来的。"不知深浅的"斑马"，果真这样去做了，而那老头儿却将此事撇得一干二净。不过我们都清楚地记得，那天公安人员来我们学校时，并没有开着"大黄狗"，而是骑着两辆吱呀作响的自行车。

30年后，我在一家饭店门口，意外遇见从一辆宝马车上下来的"斑马"。他已成为一个腰缠万贯的建筑包工头，一脸的踌躇满志。寒暄之中，我很想问问"斑马"当年离开学校后的经历，但终于没有问出口。我想,尊重一个人,除了尊重一个人的成功和得意外,更要尊重他的不幸和痛苦。我相信,对"斑马"来说,1973 年的"大黄狗",已如它所卷起的尘埃一样,早已随风飘散了。

书　诱

○钟心

热天的午后,知了在桉树上长鸣,蜻蜓在竹林间翻飞。

"二娃,走!"窗外现出小胖和小明兴奋而脏污的脸。他们使劲冲我晃了晃手里的细长竹竿,竹竿一头粘着被搓成弹丸状的蜘蛛网——他们照例已经准备好捕蜻蜓的工具了。

"嗯。"我趴在窗前,咬着嘴唇。我考虑的是要不要向他们提出下面这个问题,因为我已经提过不止一次了:"孙策和太史慈后来怎么样了?"

他们看着我,说不出话。老实说,他们对我很无语。

"走嘛!现在蜻蜓很多哟!"他们感到我又要扫兴,就开始诱惑我。

"喏,那你们快去吧。"我重新倒在凉爽的竹床上,懒洋洋地说。

"昨天叫你去捞鱼虾你不去,今天叫你捕蜻蜓你也不去,真没劲。昨天刚下过雨,多好捞啊!"他们一边抱怨一边走远了。

啊,亲爱的伙伴,原谅我吧,不是我对捞鱼虾和捕蜻蜓失去了兴趣,也不是我的作业没有做完。此时此刻,我真的来不及关心鱼虾和蜻蜓,我关心的是,孙策和太史慈后来怎么样了。

你想,孙策拔下了太史慈背后的画戟,而太史慈摘掉了孙策的头盔。他们不分胜败。但是后来呢？要知道，我可不想他们继续斗下去。他们都是少年将军，少年英雄，我多么喜欢他们漂亮的盔甲和英俊的面容啊，伤了哪个我都难过。

但是后来……后来没有了。我看到的不是一本完整的连环画，不过是其中的两页而已。它们还是我打洋包赢回来的。

我注意过同学们的连环画，没有谁有这个故事。我曾问过那个洋包是谁的，可是谁也不认得。也就是说，没人知道他们怎么样了。

就在这个午后，我悄悄跨过在睡午觉的爸爸妈妈和哥哥，溜出门，朝镇上飞奔。

我必须冒一回险。这个问题已经折磨我一个星期了。

孙策抛开大部队去追杀太史慈，这说明他也是冒险的。人们在必要的时候都要冒险，这个很正常。没错，是这里了。"张明芳"，这三个字我太熟悉了，我看过的所有连环画都有这么个印章，印章上都是这么三个字，那两页连环画也不例外。虽然我从来没有来过，但错不了。

"我……我要租书。"我结结巴巴地说。

"什么书？"一名妇女从人群中站了起来，熟练地问。显然她不在乎我是不是冒险来的，甚或冒多大的险。

"小霸王孙策。"这个名字我又是冒险说出的。我就看了两页，总共就四幅画，天知道那本连环画叫什么名字。小胖说应该叫《孙策和太史慈》，小明说应该叫《三国演义》。我已经反复看过那两页了，似乎所有的事情都是围绕着孙策发生的，他是当之无愧的主角，无疑应该用他的名字来命名，可是如果光叫孙策，音节未免单调了点，所以不妨加上他的绰号。

张明芳开始俯身在一本本连环画里找，我松了一口气。她的这个反应是正常的，至少可以说明是有这么一本书的。我最怕她奇怪地看着我,然后说:"没有这本书。"

"没有这本书。"她从书堆里直起身,还是说了这句话。

我沮丧极了。

她翻了翻记录簿,又说:"前天租出去了,还没还。"

我装作若无其事地回到家。太阳已经落山了,妈妈在监督哥哥做作业,爸爸出去散步了。一切都很平静,没人知道我的事。

见我进门,妈妈只是说:"快洗手,准备吃饭了。"

我把出门前偷拿的钱照原样放好,一边洗手一边想,孙策和太史慈他们都不知怎么样了,还吃什么饭?